文春文庫

照《てり》葉《は》ノ露《つゆ》

居眠り磐音（二十八）決定版

佐伯泰英

文藝春秋

目次

#「居眠り磐音」主な登場人物

佐々木《ささき》磐音《いわね》　元豊後関前藩士の浪人。直心影流の達人。旧姓は坂崎。師である佐々木玲圓の養子となり、江戸・神保小路の尚武館佐々木道場の後継となった。

おこん　磐音の妻。磐音が暮らした長屋の大家・金兵衛の娘。今津屋の奥向き女中だった。

今津屋吉右衛門《いまづやきちえもん》　両国西広小路の両替商の主人。お佐紀《さき》と再婚、一太郎が生まれた。

由蔵《よしぞう》　今津屋の老分番頭。

佐々木玲圓《ささきれいえん》　直心影流の剣術道場・尚武館佐々木道場を構える。内儀はおえい。

速水左近《はやみさこん》　将軍近侍の御側御用取次。佐々木玲圓の剣友。おこんの養父。

依田鐘四郎《よだかねしろう》　佐々木道場の元師範。西の丸御近習衆。

松平辰平《まつだいらたつぺい》　佐々木道場の住み込み門弟。父は旗本・松平喜内《きない》。廻国武者修行中。

重富利次郎《しげとみとしじろう》　佐々木道場の住み込み門弟。土佐高知藩山内家の家臣。

霧子《きりこ》　雑賀衆の女忍び。佐々木道場に身を寄せる。

品川柳次郎《しながわりゅうじろう》　北割下水の拝領屋敷に住む貧乏御家人。母は幾代《いくよ》。

竹村武左衛門《たけむらぶざえもん》　南割下水吉岡町の長屋に住む浪人。早苗など四人の子がいる。

弥助《やすけ》　「越中富山の薬売り」と称する密偵。

笹塚孫一《ささづかまごいち》　南町奉行所の年番方与力。

木下一郎太《きのしたいちろうた》　南町奉行所の定廻り同心。

竹蔵《たけぞう》　そば屋「地蔵蕎麦」を営む一方、南町奉行所の十手を預かる。

徳川家基《とくがわいえもと》　将軍家の世嗣。西の丸の主。

小林奈緒《こばやしなお》　磐音の幼馴染みで許婚《いいなずけ》だった。小林家廃絶後、江戸・吉原で花魁《おいらん》・白鶴《はっかく》となる。前田屋内蔵助に落籍され、山形へと旅立った。

坂崎正睦《さかざきまさよし》　磐音の実父。豊後関前藩の藩主福坂実高《ふくさかさねたか》のもと、国家老を務める。

『居眠り磐音』江戸地図

新吉原
東叡山 寛永寺
山谷堀
待乳山聖天社
向島
上野
下谷車坂町
浅草
浅草寺
聖天町
今戸橋
竹屋ノ渡し
不忍池
下谷広小路
新寺町通り
新堀川
花川戸町
吾妻橋
業平橋
品川家
小梅村
十間川
首尾の松
北割下水
今津屋
天神橋
本所
石原橋
法恩寺橋
新シ橋
浅草御門
竹村家
柳原土手
南割下水
両国橋
入江町
横川
長崎屋
金的銀的
薬研堀
竪川
松井橋
浮世小路
若狭屋
鰻処宮戸川
大川
六間堀
魚河岸
猿子橋
龍河岸
新大橋
日本橋
小名木川
日本橋川
万年橋
鎧ノ渡し
霊巌寺
深川
亀島橋
金兵衛長屋
霊岸島
八丁堀
永代橋
仙台堀
永代寺
鉄砲洲
富岡八幡宮
佃島
越中島
堺橋

護国寺
面影橋
小石川
伝通院
中山道
日光御成街道
本郷
牛込
石切橋
豊後関前藩
上屋敷
湯島天神
神田川
神田明神
牛込御門
水道橋
表猿楽町
尚武館佐々木道場
駒井小路
駿河台
筋違橋御門
昌平橋
田安御門
市谷八幡宮
神保小路
九段坂
雉子橋
内藤新宿
四谷大木戸
市谷御門
一橋御門
竜閑橋
善国寺谷通
麹町
四谷
四谷御門
江戸城
大手御門
半蔵御門
一石橋
平川天満宮
道灌堀
和田倉御門
呉服町
馬場先御門
鍛冶橋御門
南町奉行所
比丘尼橋
数寄屋橋御門
溜池
三十間堀川
木挽橋
原宿
愛宕権現
木挽町
宝泉寺
麻布村
麻布広尾町
増上寺
芝

照葉ノ露

居眠り磐音（二十八）決定版

第一章　酒乱の罪

一

江戸の内海に白波が立っていた。三十五反の帆を張って千石船が大きく揺れながら南下する向こうに、相模《さがみ》の安房崎《あわさき》や剣崎《けんざき》が霞《かす》んで望めた。

海から吹き上げる風が、明鐘岬《みようがねみさき》の断崖《だんがい》に咲く浜菊の白い花を激しく揺らしていた。

岡に立つ少年の肩が震えていた。断崖下の小さな漁村の網場で働く女を一心に望遠していた。

十三歳の少年、直参《じきさん》旗本二千百五十石設楽小太郎貞綱《したらこたろうさだつな》が肩を震わせながら見ているのは実母のお彩《さい》だ。

お彩は漁師の嫁たちに混じって網の繕《つくろ》いをしていた。

「小太郎どの、母御に会いたかろう」

佐々木《ささき》磐音《いわね》が少年の背に問うた。

烈風と潮騒《しおさい》の音に抗して、

「いえ、会いたくはございません」

と震える声がはっきりと答えた。

「お察し申す」

小太郎が振り向き、磐音をきいっと見上げた。

「武家方には、なしてはならぬ決まり事がございました。わが母はその則《のり》を越えられた」

「いかにもさよう」

「佐々木様、私はなすべきことを相努めます。そして、必ずや設楽家を継いでみせます」

「それでよい」

小太郎は眸《ひとみ》を潤ませたが涙は堪《こら》えた。

「小太郎どの、されど母御との絆《きずな》は断ち切ることはできぬ」

磐音は酷を承知で言っていた。これから起こるべきことへの覚悟を確かめたかったからだ。

「いえ、私は江戸を出たときから、いえ、あの夜から、母を母とは思うておりませぬ」

健気にも小太郎が答えた。

磐音は首肯《しゅこう》すると断崖下の浜を見下ろした。

夕暮れが迫って女たちが仕事を終えようとしていた。

「佐々木様、私に助勢してくださいますね」

小太郎が念を押した。江戸を出て以来、何度重ねられた問いだろう。それが小太郎の胸中のぶれをあらわしていた。

「江戸を出るときから、もとよりその覚悟で小太郎どのの供をして参った」

「私に勇気を授けてください。速水左近《はやみさこん》様が、佐々木様に従えば決して間違った判断をなされぬと仰せになりました。ですが……」

「いかがなされた」

「母上と対面して勇気を奮い立たせることができるかどうか、私には自信がありません」

少年の心は浦賀《うらが》の瀬戸の波のように激しく揺れ動いていた。

「武士は時に、断腸の思いで覚悟を決めねばならぬことがござる。小太郎どのは今それに直面しておられる。お悩みくだされ、お迷いなされ、泣きたければ泣かれるがよい。武士とて、悲しいときに涙を流して悪いはずはござらぬ。悩みや迷いは小太郎どのを大きく成長させましょう。その上のご決心なら、どのような決断でも佐々木磐音、助勢いたします」

小太郎の目からぽろぽろと涙が零《こぼ》れて、頬《ほお》を伝い始めた。

「母上は、なぜあのような道を選ばれたのでしょうか」

「母御の選ばれし道、それがしにも分かりませぬ。人間とは不思議な生き物ゆえ、他人には分からぬ行動をとることがござる。母御が咄嗟《とっさ》の行動に出られたのは、それ以前に幾度も悩み、苦しんでおられたからにござろう。ゆえにあの夜、佐江《さえ》傳三郎《でんざぶろう》どのに縋《すが》られた」

設楽家は小普請《こぶしん》支配を代々務め、所領地が上総上湯江《かずさかみゆえ》にあった。そのようなことから設楽家と上総は縁があり、設楽家の奉公人も所領地から来た人間が多かった。

小太郎の父貞兼《さだかね》は、酒乱の癖があり、飲むと身内や奉公人に乱暴を働くことがあった。先妻おとせは、酒乱に驚き、早々に実家に逃げ戻り、離縁をした。おとせの父は家治の近くに仕える御小姓衆であったため、貞兼も文句がつけられなかった。

設楽家では後添いを娶《めと》ることにしたが、出入りの商人《あきんど》の口から酒乱の悪評判が巷《ちまた》に流れ、だれも後添い話を受けようとはしなかった。

そのような折り、上総の上湯江陣屋に見回りに行った貞兼が、陣屋に奉公していたお彩を見初め、強引に妾《めかけ》話を勧めて江戸に連れ戻った。

貞兼が三十五歳、お彩が十七歳の折りだ。そして、二人の間に生まれたのが小太郎貞綱だった。お彩は小太郎を産んで設楽家の正室に認められた。

お彩は美貌《びぼう》の上に控えめな気性で、貞兼によく仕えた。そのせいか、貞兼の酒乱はやんだ。

小太郎が五歳の頃に、上湯江陣屋から地下人《じげにん》佐江傳三郎が設楽家の奉公人として上がってきた。佐江は、安房《あわ》一心《いっしん》流の剣をよく遣い、また棒術の達人であった。

江戸に出て二年目のことだ。設楽家の隣屋敷に押し入った夜盗五人を得意の棒術で叩《たた》き伏せ、捕まえるという手柄をたてた。

貞兼は佐江傳三郎に、小太郎の師匠として武術の稽古《けいこ》を教えるよう命じた。小太郎七歳の折りだ。

佐江は小太郎の体の成長に合わせ、ゆっくりと剣と棒術を教え込んでいった。

主従ながら師弟でもある小太郎と佐江は固い信頼で結ばれていた。

悲劇の萌芽は二年前の貞兼の所領地巡視だった。

だれがなしたか、お彩と佐江傳三郎は幼い頃からの知り合いのうえに、当人同士は所帯を持つ約束の仲であったと吹き込んだのだ。

江戸に戻った貞兼は酒を飲み、

「おのれ、わしを永年にわたり誑《たぶら》かしたな」

とお彩に殴る蹴《け》るの乱暴を働いた。その日をきっかけにして貞兼の酒乱が再発した。

安永《あんえい》七年（一七七八）秋、城中で失態を犯した貞兼は、昼過ぎに屋敷に戻ると酒を飲み始めた。夜半、突然に叫び声を上げ、またもお彩に殴る蹴るの乱暴を働いた。狂気に憑《つ》かれた様子の貞兼の行動に奉公人も止めようがない。思い余った用人の隈田三太夫《くまださんだゆう》が、

「佐江傳三郎、お彩様が殺されかねぬ。そなたの力でなんとか乱暴をお止めできぬか。気を失わしめれば明日には覚えておられまい」

と顧った。

佐江と隈田は主《あるじ》夫婦の寝間に入り、裸同然のお彩を折れ弓で殴り付ける貞兼に、

「ご免」

と言いつつ、拳《こぶし》で鳩尾《みぞおち》を突こうとした。すると、きいっと振り返った貞兼が脇《わき》差《ざし》を抜いて、

「おのれ、姦夫《かんぷ》めが」

と佐江に斬《き》りかかった。

咄嗟に佐江は身を躱《かわ》したが、貞兼は執拗《しつよう》に斬りかかってきた。狂気に憑かれた太刀風《たちかぜ》は意外に鋭く、たじたじとなった。そこで佐江も脇差を抜いて主の脇差を叩き落とそうと試みた。

その瞬間、貞兼の腰が砕けるようによろめき、ために佐江の脇差の狙《ねら》いが逸《そ》れた。喉元《のどもと》を深々と抉《えぐ》って血飛沫《ちしぶき》を座敷に振り撒《ま》いたのだ。

はっ

とした佐江だが、もう遅い。主は断末魔の様相を見せてその場に崩れ落ちた。

「で、傳三郎、そなた、主殺しをなしたな」

用人が血相を変えて主の寝間を飛び出していった。

覚悟を決めた佐江傳三郎は、その場に座すと帯を緩《ゆる》め、腹部を晒《さら》して切腹しようとした。

「待って、傳三郎どの」

血だらけの長襦袢《ながじゆばん》のお彩が佐江の腕を摑《つか》むと、

「逃げましょう。江戸から上総に参りましょう」

「お彩様」

「もうたくさんです」

その足で二人は麴町《こうじまち》の設楽家から姿を消した。


設楽家は、南町定廻《じょうまわ》り同心木下一郎太《きのしたいちろうた》の先祖からの出入りの屋敷だ。

江戸在府の大名や大身《たいしん》旗本には出入りの町役人がいた。揉《も》め事や騒ぎが生じたとき、大目付や目付が乗り出せば、大名や旗本家に傷がつき、お家断絶や切腹の沙汰《さた》まで引き起こすことになる。そこで内々に江戸町奉行所の手で始末をつけ、幕府は見て見ぬふりをすることがあった。

幕府が誕生して二百年近く経《た》ち、自己防衛の手段が確立していたのだ。むろん、騒ぎの屋敷からはしかるべき筋にそれなりの、

「口止め料」

が流れることになる。

木下家もそのような出入りの屋敷を先祖代々引き継いでいた。

設楽家の用人隈田三太夫からの知らせを受けた一郎太は、設楽家に急行した。

そして事情を知ると、しばし思案の後、神保小路《じんぼうこうじ》に佐々木磐音を訪ねた。

この一件が公になれば設楽家の廃絶は明らかだった。町奉行所の一同心の手に負える騒ぎではないと考えたのだ。

むろん一郎太は、磐音が事を解決する力を有しているとは考えてもいない。だが、尚武館《しょうぶかん》佐々木道場には、養父玲圓《れいえん》の剣友として、上様側近中の側近、御側御用取次《おそばごようとりつぎ》の速水左近がいた。

相談を受けた磐音は即座に玲圓の知恵を借りようと思った。玲圓は一郎太を引見すると、質《ただ》した。

「設楽家には嫡男《ちゃくなん》がおられるのじゃな、木下どの」

「十三ながら聡明な小太郎貞綱様がおられます」

「小太郎どのは父の死と母の逐電に動揺しておられるか」

「いえ、健気にも必死で耐えておいでです」

「小太郎どのは酒乱の父と母のどちらに懐《なつ》いておられたか」

「それはもう母上のお彩様にございます。なれど小太郎様は、こたびの騒ぎが母上への愛情を超えたものと理解もされておられます」

「ならばこうせよ。そのほうら、小太郎どのに同道し、速水左近様に即刻お目どおり願い、相談いたせ。面会の添え状は書く」

その夜の内に速水左近と面談した三人は、翌日江戸から姿を消した。

日本橋川の木更津河岸《きさらづがし》から出る上総木更津湊《みなと》への乗合船に乗り、さらに木更津湊から房総往還《ぼうそうおうかん》を辿《たど》って設楽家の上湯江陣屋に急行したのだ。

江戸の設楽屋敷を抜けた佐江傳三郎とお彩が木更津行きの乗合船に乗ったとの情報を、一郎太は得ていた。

南町奉行所定廻り同心の木下一郎太が役目外の御用に就くことができたのは、偏《ひとえ》に非番月であったからだ。また速水左近から南町奉行の牧野成賢《まきのせいげん》への口添えもあってのことだ。ゆえに同心の格好を捨て、平服の旅仕度だった。

幕閣の一人、速水左近が設楽家の存続に動いたのには、それなりの事情があってのことだった。

設楽貞兼の酒乱はすでに城中で噂《うわさ》になっており、速水の耳にも入っていた。設楽家の当主を隠居させ、嫡男に家督を相続させて三河《みかわ》以来の設楽家を守ることも、家治に仕える側近の御用であった。つい手を拱《こまね》いていたために騒ぎを起こしてしまった以上、次なる解決策を磐音と一郎太に命じたのだ。

断崖の上に夕闇《ゆうやみ》が忍び寄り、眼下の網小屋に火が点《とも》ったのが見えた。

磐音らは上湯江陣屋を訪ねたが、佐江傳三郎と設楽彩が設楽家の所領地に姿を見せた様子はないとの答えを得た。だが、二人がどこへ行くにしても一度は故郷に戻り、本格的な逃避行にかかる筈《はず》だと考えた。慌《あわ》ただしい設楽家からの退去ゆえ、お彩は着の身着のまま、二人の所持金も乗合船に乗る程度だと推察された。となればお彩の実家に頼るしかない。

一郎太は、陣屋に磐音と小太郎を待たせると探索に出た。

永年探索に従事してきた一郎太は、それが他の土地であったとしても壺《つぼ》を心得ていた。たちまち、上湯江から離れた明鐘岬下の網小屋にお彩らしき女が隠れているという情報を探り出してきた。

「佐々木さん、お彩様の実家の知り合いの網小屋で、網小屋の傍《そば》には寝泊まりできる家もあるそうです」

網小屋には確かに半丁ほど離れた高台に一軒家が付随していた。漁の繁忙期に女衆《おんなし》らが寝泊まりする家だった。

「佐江傳三郎どのも一緒であろうか」

「それが、網小屋に潜《ひそ》んでおられるのはお彩様一人のようです。佐江どのはどこぞに逃走したのでしょうか」

「佐江どのはお彩様と最後まで行動を共にするとみた」

「ならばこの界隈《かいわい》に潜み、なんぞ次なる策を企てているやもしれませんね」

と応じた一郎太は、

「私は房総往還の各湊の聞き込みに廻ります」

と再び出ていった。

一郎太は、先祖代々からの出入りの設楽家を断絶させたくない一心で動いていた。

「佐々木様、お願いがございます」

と小太郎が言い出したのは、一郎太が再び探索に出た後のことだ。

「網小屋に潜むという女が母かどうか、私の眼で確かめとうございます」

磐音は思案した末、陣屋に一郎太への言伝《ことづて》を残し、陣屋の小者《こもの》を道案内に立てて、網場を見下ろす明鐘岬の断崖上にやってきたのだ。

小太郎がひと目でお彩と認めてからすでに一刻《いっとき》（二時間）以上が経過していた。夕闇はさらに濃くなり、浦賀の瀬戸の白波と浜菊が浮かんで見えるだけになっていた。

「佐々木様、父上はなぜ酒乱に落ちたのでございましょう。近頃の父上は大酒をして酔い、母上を打擲《ちょうちゃく》することに憑かれておいででした」

「それがしにも、設楽貞兼様の胸中を察することはでき申さぬ。されどこれまでに、心の憂さを忘れるために酒に縋って身を滅ぼした人を数多く見て参った」

「酒毒がそうさせるのですか」

「酒は適度に嗜《たしな》めば心を解きほぐす、百薬の長。されど、度が過ぎれば狂乱を呼ぶ」

「父上は気が弱いお方と思います」

と小太郎が呟《つぶや》いた。

「城中から下がった日には、殊《こと》のほか大酒をなされました」

「おそらく奉公に人一倍気を遣われ、その疲れを癒《いや》そうとなさったのでござろう」

と応じた磐音は、

「寒うなりました。陣屋に戻りませぬか」

「佐々木様、我儘《わがまま》とは存じますが、今しばらくあの灯《あか》りを見ていたいのです」

磐音には切ないほど小太郎の気持ちが分かった。

小太郎は父の貞兼より母のお彩が何倍も好きだったのだ。それに佐江傳三郎の人柄と剣術の技量に尊敬の念を抱いていた。

騒ぎの因《もと》はすべて貞兼の酒乱と妄想から起こっていた。こたびの一件、非は貞兼にあった。

だが、武家の習いに従えば、佐江傳三郎は、

「主殺し」

の大罪を犯した家来であり、一緒に逃走したお彩は、

「姦婦」

ということになった。

設楽家が家名を保つには、非情な行動を取らざるをえなかった。

十三歳の小太郎が身に負った感情は錯綜として非情であり過酷だった。

がさごそ

磐音と小太郎の背後で人の気配がして、提灯《ちょうちん》の灯りが近付いてきた。姿を見せたのは木下一郎太だ。

「ご苦労でした」

磐音は友を労《ねぎら》った。

「佐江傳三郎どのの行動が判明いたしましたか」

「房総往還の湊から対岸の三浦海岸か、さもなくば豆州《ずしゅう》の湊に渡る船を捜しているようです」

「船はありましたか」

「いえ、未だ見つかってはいないようです。一足違いで佐江どのの姿は見ておりませんが、この界隈で船を捜しているのは確かめられました」

と一郎太が応じた。

磐音は未だ網小屋の灯りを見詰める小太郎の肩にそっと手を置いた。

「小太郎どの、参りますぞ。よろしいか」

磐音の声は優しくも険しかった。

「はい」

小太郎も素直に応じた。

暗くなった断崖上の道を、一郎太の提灯を頼りに磐音が小太郎の手を引いて従った。

「佐々木さん、お彩様の実家の困惑が伝わってきました。むろん親の参左衛門《さんざえもん》どのとしてはお彩様を助けてやりたい。されど佐江傳三郎どのを同道して上総に戻られたお彩様をどう扱えばよいのか、迷っておいでです」

「設楽家で起こった悲劇を実家は承知なのでしょうか」

「お彩様が使いに文を持たせて正直に告白されたようで、承知しておられます。そのうえで網小屋に匿《かくま》われたのです」

「われらが陣屋に逗留《とうりゅう》していることも知られていますね」

「口止めはしておきましたが、当然、先方に伝わっているでしょう」

「はて、どうしたものか」

と磐音は一郎太の意見を訊いた。

「佐江どのとお彩様が共に行動を起こすとしたら、船に乗る約定《やくじょう》がなってからのことです。ただ今、佐江どのは安房北条《ほうじょう》に向かっています。それ次第でお彩様が動かれましょう」

「われらはお彩様を見張っていればよいのですね」

「もう少し網小屋に近い場所に、佐々木さんと小太郎様を忍ばせる見張り所を設けます」

と一郎太が言った。

二

陣屋に戻った三人は夕餉《ゆうげ》を済ませると、その夜のうちに明鐘岬下の網小屋を見張る漁師の納屋に移った。その納屋から網小屋まではおよそ一丁、納屋は斜面の中腹に立っていて、網小屋とその傍らに建つ一軒家の様子はすべて見通せた。

小太郎は一軒家から薄く零れる灯りを見て、切なくも哀《かな》しげな吐息をついた。

納屋には囲炉裏《いろり》があって寝床が敷かれてあった。

三人に先行して陣屋の小者がこの漁師の家を訪れ、見張りの仕度をすべて終えてくれていたのだ。

「小太郎どの、明日から大事な御用を務めてもらわねばならぬ。今宵《こよい》は床に就きなされ」

磐音の言葉を小太郎は素直に受けた。

寝床に入った小太郎はなかなか寝付かれない様子だったが、昨夜来、ろくろく眠ることのできなかった船旅と、さらには房総往還の道中で体はくたくたに疲れ切っていた。そのせいか、昂《たかぶ》った神経が音もなく切れて寝息が聞こえてきた。

「佐々木さん、私は明朝より安房北条に行って参ります」

「ご苦労です」

「小太郎様はよう耐えておいでですね。十三といえば未だ母親の温もりが懐《なつ》かしい年頃でしょうに」

「お彩様の胸に縋りついて思う存分泣きたい気持ちでしょう」

「速水左近様の御命は厳しゅうございますね」

磐音は頷《うなず》き、

「設楽家が存続するために通らねばならぬ関門です」

「わずか十三の子にそれをせよと言われるのですか」

「木下どの、それが武家の習いです」

「他に道はないのですか」

「なくもござらぬ」

「ありますか」

一郎太が磐音のほうに身を乗り出した。

「設楽家が断絶の道を選べば、たれも命を落とさなくて済むやもしれません」

「設楽家が立ちゆくためには血の犠牲がいるのですね」

「いかにもさよう」

と応じた磐音は、

「少しでも体を横になさったほうがいい。明朝から房総往還を走り回られるのです」

と言い足すと土間に下りて、浜の網小屋と一軒家を格子《こうし》窓の間から見張り始めた。

翌朝七つ半（午前五時）、一郎太が安房北条を目指して納屋を出ていった。

磐音は友の出立《しゆつたつ》を見送ると納屋の外にある厠《かわや》に行き、小用を済ませると汲《く》み置きの甕《かめ》の水で顔を洗った。

今朝の浦賀瀬戸は穏やかで波静かだった。

納屋の下から浜にかけての斜面に芒《すすき》の穂が光り、微風《そよかぜ》に揺れていた。すると穂先がさわさわと鳴った。

磐音は夜じゅう変化がなかった浜の一軒家を見た。お彩が炊飯しているのか、煙が静かに立ち昇っていた。

磐音はお彩の有為転変の半生を思った。

十七歳まで上総で穏やかな人生を歩んでいた筈だ。それが設楽貞兼に見初められ、強引にも江戸に連れて行かれて直参旗本の妾になり、大勢の奉公人に傅《かしず》かれての暮らしぶりに変わった。さらに小太郎を産んで正室となり、一段と貫禄《かんろく》と落ち着きを増した。

平穏な旗本家に黒い翳《かげ》を落としたのは貞兼の酒乱癖だ。すべてを悲劇と瓦解《がかい》の道に誘い込み、お彩はついにわが子の追跡を受ける身に落ちた。

なんという宿命か。

「佐々木様」

と小太郎の声がした。

「よく眠られたかな」

「申し訳ございません。佐々木様お一人に夜の見張りを押し付けてしまいました」

「なんのことがあろう。これからそなたと交代して休ませてもらうつもりじゃ。

夜の間に異変があったとは思えぬ」

磐音は浜の一軒家を見た。傍らから小太郎も母のいる家を眺めた。

「小太郎どの、そなた、母御の故郷に参られたのは初めてか」

「父上が隠居なされ、私が設楽家の当主になった折り、所領地巡察で訪ねる心積もりにございました」

「貞兼どのは隠居なさるおつもりであったか」

「酒を飲まぬ父上は実に穏やかで、私にあれこれと話を聞かせてくれました。今から一年も前のことでしょうか、父上がこう言われました。小太郎、父の大酒は宿病じゃ、治るとも思えぬ。設楽に迷惑をかけぬうちにそなたの元服を待って隠居をしようと思う、と」

「分かっておいでであったか」

磐音は小太郎に甕の水を桶《おけ》に汲んで顔を洗うように言った。

「あれこれ造作をかけます」

小太郎が礼を述べて洗顔した。その様子を見ると、お彩の躾《しつけ》がよくなされていて、自ら身嗜《みだしな》みを整えることに慣れていた。

大身旗本の嫡男ともなれば女中衆があれこれと手出しして、顔の洗い方も知らぬ若君ができあがる。

「ほれ、手拭《てぬぐ》いじゃぞ」

磐音が腰の手拭いを差し出すと、また礼を述べて顔を丁寧《ていねい》に拭《ぬぐ》った。

「佐々木様は、さる大名家の国家老のご嫡男だそうですね」

「ほう、そのようなことをよく承知じゃな」

「木下どのが教えてくださいました」

「木下どのがな」

「なぜ浪々の身になられたのですか」

うむ、と応じた磐音が小太郎を見た。

「これは失礼千万のことをお尋ねいたしました、お許しください」

「なんのことがあろう」

と笑った磐音は、

「小太郎どのは佐江どのに剣術の手解《てほど》きを受けたそうじゃな」

「はい。剣と棒術を教えられました」

磐音は納屋の前にあった竹棒を摑むと、

「見せてくれぬか」

と願った。

「佐々木様の前で未熟な技を披露《ひろう》するのは恥ずかしゅうございますが、お求めゆえご覧に入れます」

磐音から五尺ほどの竹棒を受け取った小太郎は、両手で竹棒の中ほどを握り締め、

「えいっ」

と掛け声を発すると、打ち、払い、突き、躱してみせた。

「未熟な技をお目にかけました」

「なかなか腰が入ったよい演技にござる。佐江どのの棒術のほどが窺《うかが》える。よき師にお付きになった」

「その師と、私は対決しなければなりませぬ。敵《かな》わぬまでも武士の意地は通しとうございます」

「よきお覚悟かな」

と応じた磐音は、

「小太郎どの、それがしが浪々の身になった経緯《いきさつ》を話そう」

「もうよいのです」

「いや、話しておきたい」

磐音は、明和《めいわ》九年（一七七二）の春、江戸勤番を終え、藩政改革の志を抱いて国許《くにもと》に戻った三人の青年武士の夢と、一夜にして瓦解した悲劇を語り聞かせた。

小太郎は呆然《ぼうぜん》として磐音の話に聞き入っていた。

「なんということが」

「小太郎どの、主持ちの武士は藩命に従い、友を斬らねばならぬときもある。それがし、務めは果たした。だが、失った代償もまた大きゅうござった」

しばし小太郎は息を呑《の》んで沈思していたが、

「佐々木様、私も佐江傳三郎先生と母上を斬って設楽家の家名を保つのですね」

「武家が選ぶ道はいつも非情じゃ」

「佐々木様は、それで国許を出られたのですか」

「そのことは、そなたがもう少し齢《よわい》を重ねたら話す機会もあろう」

「私が選ぶ道は一つ」

「武家を捨てれば他の道もある」

「私は設楽家を守らねばなりません」

磐音はただ頷いた。

漁師の女房が作ってくれた麦飯と味噌汁《みそしる》に丸干し鰯《いわし》の焼き物で朝餉《あさげ》を終えた磐音は、小太郎に見張りを託して眠りに就いた。

目を覚ましたのは昼過ぎのことだ。

小太郎は納屋の前の庭で浜を見下ろしながら見張りを続けていた。

「お彩様に変わりはござらぬか」

「母上は今日も女衆と網を繕っておいでです」

小太郎の傍らには盆に握り飯が四つと大根の古漬けがあった。漁師の女房が用意してくれた昼餉《ひるげ》だった。

「先に食されればよかったに」

「佐々木様をお起こししようかと思いましたが、よう眠っておいででした」

「そなたに見張りを任せてすっかり安眠いたした」

と笑った磐音と小太郎は、切り株に並んで座して握り飯を食した。

「佐々木様、私は肝が細いのでしょうか。あの夜からものを食べても味がしませんでした。佐々木様と木下どのと食した夕餉の美味《おい》しかったこと、この握りも美味しゅうございます」

「小太郎どの、どのように辛《つら》い出来事も、時の流れという薬が体と心を癒してくれよう。騒ぎの渦中にありながらも小太郎どのは、わずかずつながら心が癒されてきたのです」

「佐々木様も朋友をお断りになった後、変調がございましたか」

「たれにも話したことはござらぬ。今、小太郎どのに告白するのが初めてじゃが、食事をどう摂《と》ったか、眠ったか眠らなかったのか、長い歳月、煩悶《はんもん》の時がござった」

「佐々木様もやはり」

小太郎は安心したように二つめの握り飯に手を伸ばした。

「小太郎どの、心の病を回復させてくれるのは体です。体を動かすことが一番よい。そなたの母御も辛い記憶を忘れたいがために、女衆とともに網を繕っておいでなのです」

小太郎が頷いた。

「握り飯を食し終わったら、われらも稽古をいたそうか」

「えっ、佐々木先生が稽古を付けてくださるのですか」

「共に汗をかこうか」

「はい」

手に残っていた握り飯を急いで口に押し込んだ小太郎は、竹棒を取りに走った。

磐音は竹棒を竹刀の長さに引き切り、道具を拵《こしら》えた。

「小太郎どの、声は出さずともよい。まず素振《すぶ》りを見せてくれぬか」

「はい」

二人の姿が浜から見えるとは思わなかった。だが、風に乗って気配が伝わるのを避け、無声の稽古を小太郎に命じた。

佐江傳三郎は剣術の基本の動きを小太郎に教え込んでいた。だが、十三歳だ、未だ体ができていない。それだけに動作がぎこちないところがあったが、佐江傳三郎の技量を偲《しの》ばせて癖のない動きだった。

「よし、今度はそれがしに打ち込んで参られよ」

「畏《かしこ》まりました」

磐音は小太郎の攻めを受け、払い、時に反撃して、小太郎の攻撃ができるだけ連続するように、そして、技から技の流れが円滑になるように、悪い動きを指摘しながら時を過ごした。

昼下がり八つ半（午後三時）の頃合いか。

沖合から漁師舟が戻ってきた。

竹籠《たけかご》を持った女衆が浜に上げられた舟の周りに集まり、獲物を籠に入れて網小屋に運び込み、仕分けをした。

そんな一日がゆるゆると流れていった。

お彩はその日も漁師の女衆に混じって一日網を繕い、獲物の仕分けをしながら日を過ごした。

木下一郎太も佐江傳三郎もこの日、明鐘岬に戻ってこなかった。

夕暮れ、お彩が網小屋から離れた一軒家に戻るのを見た小太郎がぽつんと、

「母上の一日が終わった」

と洩《も》らした。

磐音はその言葉の中に小太郎の哀しみと寂寥《せきりよう》を感じて、聞こえぬふりを通した。

この夜半、小太郎が眠り込んだ後、磐音は月光に光る芒の斜面の道を下って浜に下りた。

これという目的があってのことではない。浜の地形を調べておきたかったのだ。

石だらけの小さな浜に数艘《そう》の漁師舟が陸揚げされていた。十三夜の月が青く入り江を照らしていた。

磐音は入り江の先の浦賀瀬戸の波が月明かりに光るさまを見ていた。

佐江傳三郎とお彩にとって最後の頼みの海だった。対岸の三浦海岸か、さらに先の豆州の湊に逃れることができれば、新たな暮らしも考えられた。

そんな海が磬音の眼前に広がっていた。

磬音は背に視線を感じて振り返った。

お彩が立っていた。

「そなた様はどなたにございますな」

お彩の口調には磬音を追っ手と推量した覚悟がみえた。

「佐々木磬音と申します。南町奉行所定廻り同心木下一郎太どのの知己にござる」

「木下様とお知り合いでしたか」

「御用に拘《かかわ》らず木下どのの手を煩《わずら》わしたり、それがしが助勢したりの仲にございます」

「やはり追っ手にございましたか」

磬音は頷いた。

「あの夜、屋敷を抜けたときから覚悟はしておりました」

「お気持ち、お察し申します」

「事情をご存じなのですね」

「およそのことは」

「私が撲《なぐ》る蹴るの乱暴を受けるのはよいのです、我慢もできます。しかし近頃の貞兼様は、わが子の小太郎にさえ手を振り上げようとなさいました」

「あの夜も」

「私を責め苛《さいな》んだ後、寝間で耳を塞《ふさ》いでじいっと息を殺している筈の小太郎を起こせと命じられました。私がそればかりはと拒むと、さらに乱暴を加えられ、そこへ用人の隈田が佐江傳三郎どのを連れて止めに入られたのです」

そして、悲劇が起こったことになる。

「お彩様、非礼を承知でお尋ね申します」

「なんなりと」

「お彩様と佐江どのは古くからの知辺《しるべ》にございますそうな」

「佐江様はこの土地の地下侍にございますれば、よう承知しておりました」

「貞兼どのはそなた様と佐江どのの仲を疑うておられたようですが」

「それもこれも酒毒のせいにございましょう。佐江様の手を握ったのもあの夜が初めてのことにございます」

磐音は頷き、

「お彩様、この海を越えて見知らぬ地にて佐江どのと暮らされるおつもりですか」

「それも叶《かな》わぬ夢になりました」

お彩の返答には諦《あきら》めがあった。

「上総の地から江戸などに行かねばよかった」

お彩が後悔を口にした。

「それもこれも設楽貞兼どのの我儘と酒がしのけたこと」

「十七の私には世間が見えませんでした。私に救いがあるとしたら、この世に小太郎を送り出したことにございましょうか。もはやこの手に小太郎を抱くことも叶いませぬ」

「小太郎どのも同じ考えにございましょう」

「小太郎をわが腕に抱き締めることができれば、この世に未練などさらさらございませぬ」

「お聞きいたしました」

磐音はお彩に会釈《えしやく》し、踵《きびす》を返した。

「もうし、佐々木様」

「なんでございましょう」

「私を討ち果たすお役を負うておられるのではございませんか」

「こたびのこと、木下一郎太どのが長にございます。木下どのととくと相談したうえで気持ちを固めます」

磐音はお彩に背を向けると、浜から芒の斜面にうねうねと続く坂道を上っていった。そして、

(なぜ小太郎が近くの納屋にいることを話さなかったか)

と自分の心を責めていた。

三

佐江傳三郎を追跡して安房北条に向かった木下一郎太は、この日も戻ってくる気配はなかった。むろん佐江も明鐘岬下の浜に姿を現さなかった。

磐音は、一郎太が安房北条で佐江を見付けられなかったのだろうかと案じた。

あるいは、佐江を見付けたはいいが、佐江が船を見付けられなくてさらに別の湊

に行くのを追尾しているのかと、一郎太の苦労を思った。

普段江戸府中が見廻りの一郎太にとり、上総から安房は馴染《なじ》みのない土地柄だ。何《いず》れにしても探索が難航していることが予測された。

磐音と会ったお彩に暮らしの変化はなかった。だれよりも早く浜の網小屋に出て、女衆のために火を熾《おこ》し、網を繕う仕度をした。

磐音がお彩と会った夜から二日後の昼下がり、羽織を着た、供連れの人物が浜に姿を見せて、浜に緊張が走った。

女衆がその人物にぺこぺこと頭を下げていた。

磐音は、年格好と風体《ふうてい》からお彩の実父、この界隈を仕切る庄屋の参左衛門だろうと推測した。

お彩は網小屋ではなく、一軒家にその人物を迎え入れた。供は網小屋に残された。

お彩と父親と思える男の話し合いは半刻《はんとき》（一時間）ほど続いた。

参左衛門がお彩に金子《きんす》を持参したのだろうと磐音は推測した。果たして見送りに出たお彩の手に袱紗《ふくさ》包みがあり、別れの挨拶《あいさつ》をするお彩が何度も包みを押し戴《いただ》いた。

供を連れた人物が去ってもお彩はしばらく一軒家の前庭で佇《たたず》み、物思いに耽《ふけ》っていた。

その様子を小太郎も見ていた。

「今のお方は私の爺《じい》様でしょうね」

「それがしもそう考えました」

「母の手の包みは路銀ですね」

小太郎も磐音と同じことを考えていた。

「路銀が調い、佐江先生が、いや、佐江傳三郎が戻ってくれば、母は浜を出られる」

小太郎は独り言のように呟いた。

「なにか変化があるやもしれぬ。見落とさぬようしっかりと見張ろうか」

「はい」

その日の夕暮れ、木下一郎太が一文字笠《いちもんじがさ》の下の顔に汗をかきながら納屋に戻ってきた。

「ご苦労でした」

朝晩は冷え込みが厳しくなっていたが、日中の陽射《ひざ》しはなかなかのもので、歩くと汗ばむほどだった。

「お待たせいたしました」

と応じた一郎太は浜の網小屋を眺め下ろし、磐音に訊いた。

「佐江傳三郎どのは姿を見せませんか」

「はい」

「浜に向かう道に消えたのを見て、それがし、こちらに戻って参ったのです。そろそろ姿を見せてよい頃だが」

浜の網小屋に下りる道は、納屋からもその一部が見えた。

銀色に光る芒の波が浜まで下る道の大半を覆い隠していた。

人ひとりが通れるほどの坂道は、網小屋に行く海女《あま》や漁師だけが使っていた。

他にどこにも行けようはずはない。

お彩は再び女たちに混じって網の繕いをしていた。

「おかしい。佐江どののほうがずっと早く浜に姿を見せてもおかしくはないのに」

一郎太が呟いた。

「おそらく芒の陰で陽が落ちるのを待っているのでしょう」

と一郎太に答えた磐音は、

「佐江傳三郎どのは、この浦賀瀬戸を渡る船の手配ができたのですね」

一郎太が大きく頷いた。

「佐江傳三郎どのは慎重な人物です。追尾のことを気にして日中は出歩きません。それでも虱潰《しらみつぶ》しに安房北条の船問屋を訪ね歩き、船の手配に奔走していました。されど足元を見られて渡し賃をふっかけられたり、最初からうちの船は乗合ではございませんと断られたりで、難儀したようです。今日の昼前、三度目に訪ねた船問屋房州屋《ぼうしゅうや》で、なんとか船を見付けることができました。水戸領の那珂《なか》湊から上方に向かう七百石船で、相模小田原湊まで一人十五両の値で話が付きました」

「一人十五両とはまた法外ですね」

「足元を見られたのです。なにしろ佐江傳三郎どのにはそのような金子の持ち合わせがありません。手付に一両預け、二日後に安房北条の湊に立ち寄る船になんとか乗り込む手筈《てはず》を整えるのに、何日も要したことになりました」

磐音は佐江傳三郎の必死の執念を思うと同時に、一郎太の探索の苦労に感じ入った。

いや、ほんとうにお疲れでしたと改めて友を慰労した磐音は、

「こちらにもいささか動きがありました。お彩様の実父と思《おぼ》しき人物が路銀を届けに来ました。行動を起こすとしたら今夜ですね」

芒の穂が夕暮れの光に黄金色に染まった。すると芒の中から人影が現れた。

一郎太と磐音ははっとしたが、人影は漁師女で、網小屋へと足早に下っていった。そして、何事かお彩に話しかけたように見えた。

だが、磐音らのいる場所からお彩の表情は読み取れなかった。

お彩は手を休めることなく網を繕っていた。ただの挨拶だったか。

「佐江傳三郎、遅すぎる」

一郎太は初めて、佐江傳三郎と呼び捨てにした。

「いえ、お彩様さえしっかりと見張っていれば大丈夫です」

と磐音は一郎太の不安に応じていた。だが、なんとなく女とお彩が話し合ったことが気にかかった。

「木下どのには気の毒ですが、われらもいつでも旅立てるように旅仕度をしておきましょうか」

磐音の言葉に、小太郎が身仕度を整えるために納屋に戻った。

「木下どの、一昨夜、偶然にもそれがし、お彩様と話を交わす機会を得ました」

磐音はお彩との出会いを一郎太に話した。

「では、お彩様は追っ手が身近に迫っていることを承知なのですね」

「それが木下どのであることも承知です」

「小太郎様がわれらに従うていることも承知しておられますか」

「いえ、それは話しておりません」

「追っ手を知ったあとお彩様の暮らしに変化がありましたか」

「いえ、女衆に混じって淡々と網を繕っておいでです」

「ふーう」

と一郎太が息を吐いた。

「いささか軽率な行動であったと後悔しております」

「お彩様にとって、佐々木さんとの話は、覚悟を決めるきっかけになったやもしれませんね」

話しながらも二人の視線は浜の女衆を見詰めていた。そろそろ仕事仕舞いの刻限で、浦賀瀬戸が日没の光に赤く染まり、三浦海岸が揺らぎ見えた。

女衆が帰り仕度を始めた。

お彩もまた網小屋から仮の宿の一軒家に戻った。だが、すぐに再び姿を見せた。

だれもいなくなった海にお彩は歩み寄った。浜辺には一艘の小さな漁師舟が舫《もや》われて波に揺れていた。他の舟は浜に上げられていた。

「まさか、お彩様は舟で逃げる気ですかね」

「どこか別の浜で佐江どのと落ち合う手筈かもしれませんね」

「最前の女が佐江の使いでしたか」

「どうやらそのようだ」

浜に佇んでいたお彩の動きが豹変《ひょうへん》した。舫い綱を解くと舟に飛び乗り、櫓《ろ》を艫《とも》から波に下ろした。

上総育ちのお彩は櫓が漕《こ》げたのか。

予想外の展開に、磐音は小太郎を呼びながら自らも納屋に飛び込んだ。

旅仕度の一郎太はその足で浜に駆け下っていった。

磐音が納屋に飛び込むとすでに小太郎は仕度を終え、草鞋《わらじ》の紐《ひも》を結ぼうとしていた。

「母御が舟で沖に出られた。お彩様が櫓を操られるのを、小太郎どのは承知でござったか」

いいえ、と答えた小太郎が急いで草鞋の紐を結んだ。

磐音も備前包平《びぜんかねひら》を腰に差すと、懐中からなにがしかの宿代を上がりかまちに残して納屋を飛び出した。すると小太郎が呆然と浜を見下ろしていた。

磐音が傍らに走り寄ったとき、赤く濁った海面を一艘の舟が安房側の小さな岬の向こうへと漕ぎ進んでいた。

小舟では浦賀瀬戸を乗り切ることはできない。だが、どこかで佐江傳三郎と落ち合い、安房北条に向かうことはできた。

「参りましょう」

「母上」

と小太郎が小さな声で呼びかけた。だが、海上のお彩に届く筈もない。磐音は小太郎の手を引くと浜へと走り下っていった。

浜に先行した木下一郎太が網小屋で働く女の一人と話していた。

「佐々木さん、やはり佐江は使いを立てて、保田浜《ほたはま》で落ち合うことをお彩様に伝えたようです」

佐江は慎重を期してお彩に接触するようなことを避け、明鐘岬から南に半里ほど下った保田浜を落ち合う場所に指定していた。

「よし、われら、夜旅をして安房北条に先行しましょう。七百石船が湊に入るまでは二日の余裕があります」

「木下どの、大儀は承知ですが、安房北条への案内《あない》をお願い申します」

磐音らはすでに真っ暗になった芒の坂道を這《は》い上がり、房総往還に出た。

房総往還とは、船橋で佐倉道《さくらどう》と分岐し、木更津を経て安房北条に達する道だ。安房に下る道標には上総道、木更津道、房州道などとも刻まれており、反対に安房から船橋に向かう道は、江戸道と称された。

往還に出た三人は月明かりを頼りに保田浜へと急行した。道は浜を離れて険しい山道に入っていた。

石畳が敷かれているわけでもないが、上総と安房を結ぶ主街道で、上総、安房の大名の参勤交代の道でもあった。

「佐江傳三郎どのとお彩様を、われら甘く見ていたようです。これから心してかからねば裏を掻《か》かれることになる」

「いかにもさようです」

磐音の言葉に一郎太が応じた。

「母上と佐江先生は小田原城下に逃げられた後、どうなさるお積もりなのでございましょうか」

小太郎が磐音と一郎太に訊いた。

「小太郎どの、母御は逃げることで手いっぱいで、その後のことは考えておられまい。佐江どのは必死でお彩様の身を案じて尽くしておられる。佐江どののほうも、この先どうするか、考える余裕はなかろう」

「母上にも佐江先生にも、この土地に住み暮らすことが一番幸せなのですね。他領に参られても苦労なさるばかりです」

小太郎はすでに母の運命を悟っていた。

房総往還は昼ですら暗いという椎《しい》の林に細々と続き、椎の間から月明かりが射《さ》し込まなければ道さえ見分けられなかった。

すでに往復していた一郎太が先頭で小太郎を中に挟《はさ》み、磐音が最後に従った。

椎の林を抜けると広々とした畑に出て、それが下り坂になると再び潮騒が三人の耳に聞こえてきた。

灯りが見えた。

「保田浜です」

先頭を行く一郎太が後ろの二人に言った。

「母上は先行されておられましょうか」

小太郎がそのことを気にした。

「間違いなく房総往還を行くよりも海上のほうが早うございます。それにお彩様の櫓捌《さば》きは浜の女と同じくらい巧みです。それがし、すでにお彩様は到着しておられると見ました」

一郎太は、浜の女がお彩の櫓捌きを、

「お彩様は三つ四つの頃から海に入られてな、わっしらのような漁師の子と浜遊びをしてきただ。下手《へた》げな漁師より腕がええ」

と説明したことを小太郎と磐音に告げた。

「まさか母上が櫓を操られ、海を漕ぎ渡っていかれるとは考えもしませんでした」

小太郎の答えには驚きだけがあった。

母親の育った幼少期を知れば知るほど小太郎の気持ちが揺れ動いているであろうことを、磐音も一郎太も承知していた。

保田浜に人影はない。だが、網小屋に灯りが点っているのが見えた。

「あそこで訊いてきます」

一郎太が走って網小屋に向かった。

「小太郎どの、足は大丈夫か」

「佐々木様、これくらいの旅ではへこたれませぬ」

「よう言われた。ただし、慣れぬ土地での夜旅はなかなか疲れるものです。無理は禁物にござる」

「お心遣い、お礼の言葉もございませぬ」

と二人が話し合っていると、一郎太が走り戻ってきた。

「やはりお彩様は半刻以上も前に到着して、佐江傳三郎と落ち合われました」

「その先、どちらに向かわれたか分かるまいな」

「佐江と話し合い、さらに舟を乗り継いでこの先行けるところまで舟行なさるお積もりのようです」

「佐江どのも櫓を漕がれるのか」

「この浜からは佐江が櫓を操って沖へと漕ぎ出したそうな」

と答えた一郎太が、

「ものは相談ですが、われらも舟を雇いませんか」

「この刻限に舟など雇えますか」

「網小屋で漁師どもが手慰みをしておりましたが、勝山《かつやま》から博奕《ばくち》に来た漁師が懐《ふところ》の金子をすっからかんにしましてね、二分なら勝山まで漁師舟に同乗させるというのです」

「それはよい。お彩様方にこれ以上離されたくはござらぬでな」

一郎太が再び網小屋に走り戻り、捩《ねじ》り鉢巻の若い男を連れてきた。

「なんだ、客は三人か。ちいとばかり酒代を弾んでくれませんかね」

と上目遣いに磐音らを見た。

「勝山まで何里だな」

「海上二里だな」

「三分でどうだ。それ以上は出せぬ」

と一郎太が漁師に言った。

「博奕に負けて舟で取り戻せたか」

と一郎太の値に応じた漁師は、浜に繋《つな》いであった漁師舟に磐音らを案内した。

それはお彩らの小舟より三倍も大きなもので帆が張れた。

小太郎をまず舟に乗せた磐音と一郎太は舫い綱を解くと、波に抗して舟を沖へと押し、飛び乗った。漁師が巧みな櫓捌きで舳先《へさき》を沖合へと向け、帆を張った。帆の力を借りたせいで漁師舟は海上を滑らかに南下していった。

「そなた、名はなんと申す」

磐音が若い漁師に訊いた。

「おれか。勝山の源五郎《げんごろう》だ」

「ものは相談だが、安房北条までこのまま走ってもらえぬか」

「漁を休むことはできねえ」

「そなたを納得させる金子はいくらか」

「海上十数里、二日がかりの旅だ」

「われらは安房北条で下りる」

「三両」

「一分の色をつけよう。やってくれ」

「前渡ししてくんな」

一郎太が、設楽家より預かってきた金子から三両一分を支払った。

「お侍、明日の昼過ぎには安房北条の湊に送り届けるぜ」

と胸を叩いた。

「小太郎どの、われら、船行に変わった。慣れぬ房総往還を行く半分の時間で安房北条に着く。体を休められよ」

と漁師舟の胴の間を差した。

「お侍、魚臭いが、どてらがある。若様に掛けてやんな」

と足元から綿入れを投げて寄越した。

「借りよう」

小太郎は腰から刀を抜くと胴の間に横になった。

「今宵は夕餉なしで腹も空《す》かれたろう。これも、小太郎どのが設楽家の当主になった折りにはよき思い出になり、得がたい経験にもなる」

「佐々木様、お教え、終生忘れませぬ」

どてらの下でしばらくもぞもぞしていた小太郎の口から寝息が聞こえてきた。

「お侍方、上湯江の庄屋さんとこのお彩様と佐江の旦那《だんな》は、曰《いわ》く付きの道行きか」

「そなた、それを承知か」

「佐江様はこの辺では名の通った地下侍だ。お彩様がどこぞの旗本の妾から奥方になったというのも知られた話だ」

「お彩様のお子が、この小太郎どのだ」

「そんなこっちゃねえかと思ったぜ」

と応じた源五郎が、

「お侍、どんな事情か知らないが、安房北条に先に着くのはこっちだ。そいつだけは約束するぜ」

「有難い」

一郎太は二人の会話を聞きながら、三両一分は安かったと考えていた。

四

江戸の海辺に開けた湊の灯りを望遠しながら、沖合半里を源五郎の舟は順調に風を拾いながら南下した。

小太郎は一刻ほど熟睡して寒さに目を覚ました。

「あの灯りはどちらにございますか」

と陸地の灯りを認めた小太郎が訊いた。

「わっしの在所の勝山の灯りですよ」

源五郎が答えた。

「勝山一万二千石は酒井越前守《えちぜんのかみ》様のご支配地でしてね、昨夜《ゆうべ》われらが通った房総往還を通って毎年八月に参府し、二月に御暇《おいとま》なされます」

と江戸の町廻りで鍛えた知識で一郎太が小太郎に教えた。

「一万二千石ですか。大名家としては小さいですね」

「江戸に近い上総、安房には譜代《ふだい》の小藩が数多《あまた》置かれています。いずれも米などの収穫は豊かとは言えませんが、その代わり、海の幸があります。内海に沿って、船橋、検見川《けみがわ》、寒川《さむかわ》、登戸《のぶと》、浜野、木更津、富津《ふっつ》、勝山、そして、安房北条と湊が開け、この浜で獲《と》れた江戸前の魚の鰈《かれい》、鯖《さば》、渡り蟹《わたりがに》、鱏《えい》、鯔《ぼら》、鱸《すずき》、真子《まあなご》、真鯊《まはぜ》、青柳《あおやぎ》なんぞを押送船《おしおくりぶね》で江戸日本橋の魚市場に運び込みます。ですから、漁師は荒稼ぎもしますが、ここにいる源五郎のように、一夜に何両も博奕で失うこともあります。そのような気風の土地柄、まあ、豪儀にして遊び好きな人間ができあがります」

と夜の徒然《つれづれ》に一郎太が知識を披露した。

「旦那、町廻り同心というが、詳しいね」

源五郎が煙草《たばこ》を吹かしながら笑った。

「われらの御用は、人様から話を仕入れることでな、耳学問でこのような知識が増えた。なんの役にも立たぬがな」

とこちらも苦笑いして、

「小太郎様、あの勝山は鯨《くじら》漁が盛んでしてね、銛《もり》突きが乗った船でセミ、ザトウ、マッコウと呼ばれる鯨を命懸けで捕るのですよ」

「いやはや、旦那はようご存じだ」

と源五郎は感心しきりだ。

一郎太は小太郎の気持ちを少しでも和らげようと考えていた。また小太郎が設楽家の当主になったときのことを考えて、所領地の海や山を少しでも知っていたほうがよいとも考えていたのだ。

磐音は一郎太の優しい気持ちが胸に染みた。

風がやんで、源五郎は櫓に替えた。

無風は未明まで続き、再び陸地から風が吹き始めて帆が風を孕《はら》んだ。


安房北条藩は、安房国の領知を中心にして陣屋を安房郡《ごおり》北条に置いた譜代小藩である。屋代忠正《やしろただまさ》は駿河大納言忠長《するがだいなごんただなが》の臣下として一万石を領して家老職を務めていた。

だが、忠長改易により蟄居《ちつきょ》を命ぜられたが、その後に許されて、寛永《かんえい》十五年

（一六三八）に御先鉄砲頭に就き、安房国安房、朝夷《あさい》二郡の内一万石を賜り、北条に陣屋を置いた。以来、忠興《ただおき》、忠位《ただたか》と三代続いた。だが、忠位の時代に領内に農民一揆《いっき》が起こった。

いわゆる万石《まんごく》騒動である。

忠位は川井《かわい》藤左衛門《とうざえもん》を召し抱えて財政再建を試みた。川井は領内を巡察した後、年貢増税を策したので、一旦《いったん》収まっていた一揆に再び火が付き、農民ら数百人が江戸藩邸に門訴《もんそ》する騒ぎに発展した。

川井は首謀者三人を捕えて斬罪《ざんざい》にしたが、農民らは一層結束を強めた。ついに農民らは老中に直訴し、幕府が介入するところとなり、川井は死罪、屋代家は領地没収の上、忠位は蟄居、廃藩となった。

その後、しばらく藩は置かれなかったが、享保《きようほう》十年（一七二五）水野《みずの》忠定《たださだ》が信濃《しなの》から安房、上総、丹波《たんば》五郡の内、一万二千石を与えられて入封した。後に石高は一万五千石に加増されて、ただ今は水野家三代忠韶《ただてる》の時代を迎えていた。

そんな安房北条の湊に源五郎が操る漁師舟が到着したのは、約定より半刻も早い四つ半（午前十一時）の頃合いであった。

湊には何隻もの千石船が寄港して賑《にぎ》わいを見せていた。

「さすがに勝山の源五郎どのの腕は確かじゃな」

と磐音が感心すると、

「お侍、風が運んでくれただけだよ。おまえさん方の運が舟に乗り移ったかのう」

と豪儀に笑った。

「お蔭《かげ》で、われらが捜す方々より早く着いたことは確かじゃ」

「まず半日は先に着いたな」

「どうじゃ、源五郎どの。われらと、朝餉と昼餉を兼ねた飯を食さぬか。夜どおし漕ぎ続けたで腹も空いておろう」

「昨日の昼餉を食べて以来、飯のことを忘れてたぜ。腹の皮が背中にくっついた。飯にするか」

「知り合いの飯屋を知らぬか」

一郎太が湊に飛んで舫い綱を船着場の杭《くい》に結びながら訊いた。

「漁師飯でよければ案内するぜ。お侍方の身分に障《さわ》らないかねえ」

「われらなら、そのようなことを案ずることはない。江戸の町方同心、どのような飯屋も承知の身だ。ただし、小太郎様は漁師飯の味をご存じありますまいな」

一郎太が小太郎を見た。

「木下どの、それがし、どのような店にても食せます」

「こたびの道中での経験は、小太郎どのにとって悪いことは何一つござらぬ。世の中を知るということは後々為になりましょう」

「はい」

磐音の言葉に頷いた小太郎を見て首肯した源五郎が、三人を北条湊近くの裏路地に案内していった。

城下といっても陣屋があるだけで、水野家は定府《じょうふ》の家系だ。先代の忠見《ただちか》は幕府大番頭《おおばんがしら》、奏者番《そうじゃばん》、若年寄と幕閣の要職を務め、安永四年（一七七五）に卒していた。

安房の光溢《あふ》れる気候と相俟《あいま》って湊はなんとなくおおらかな気風が感じられ、江戸の華美はないにしても食べ物は豊かなように見受けられた。

「ここでどうだい、お侍」

路地裏の煮売り酒屋と飯屋を兼ねた店では、早朝からの仕事を終えた漁師たちが豪快に酒を飲んでいたり、飯を掻き込んでいたりした。

「お婆《ばば》、元気か。客を案内してきたぞ」

と源五郎が磐音らを連れて土間に入った。すると腰が曲がった老婆が盆を両手に抱えて新しい客に目をやると、

「おや、勝山の源五郎さんかえ。また博奕に来ただか」

と大声で応じたものだ。

「北条の賭場《とば》まで遠出する元気はねえよ」

「その気はあっても懐に金っけがねえだな」

「そういうこった、お婆。今朝は、頼まれてお侍方を保田浜から北条まで送ってきたとこだ」

「それならええ。ただ今水野様のご家中の領内巡見中で、なかなか煩《うるさ》いだよ。まんまを食らうにゃあ、文句のつけようもあるめえ」

と四人を小上がりに招じ上げた。

それと入れ替わるように何人かの船頭や町人が外に出ていった。

「源五郎さんや、秋鯖の焼きものに大根おろし、味噌汁はアラ汁だ」

「代わり映えしねえが、それでいいや」

と源五郎が悪態をついて注文した。

「源五郎どの、われらは御用ゆえ酒は付き合えぬが、そなたは遠慮のう頼むがよ

い」

「お侍、おれだけ飲んで悪かねえか」

「そなたは一晩じゅう働いたのじゃ。ほどほどに飲むがよい」

源五郎が嬉《うれ》しそうに注文した。

その酒と一緒に供された焼き立ての鯖は、脂が乗って見るからに美味しそうだった。

「これは丸々と太っておるぞ。早速馳走《ちそう》になります」

磬音は合掌すると箸《はし》を取った。

食べ物を前にしたときの磬音は、周りのことを忘れるほど食べることに専念する。子供の頃から母の照埜《てるの》に、

「お百姓衆、漁師方が汗水を流して育てられ、獲られた食べ物です。粗末にせぬよう感謝の気持ちで咀嚼《そしやく》なされ」

と教え込まれてきたことが習慣になっていた。

その顔は童子に戻ったようで実に楽しげだ。

「驚いたな。お婆の膳《ぜん》を前にしたらお侍の顔がまるで変わったぜ」

源五郎が酒の徳利を手に呆然と磬音を見詰めていた。小太郎も磬音の集中ぶり

に言葉もなく見ていた。

食べ物を前にしたときの磐音の没入ぶりを承知なのは一郎太だけだ。一郎太がそのことを二人に説明すると、

「この歳《とし》になってもおっ母さんの言い付けを守ってるってか。驚いたぜ」

と源五郎は茶碗《ちゃわん》に徳利の酒を注《つ》ぎ、

「おれはこっちがいい」

ときゅっと喉を鳴らして飲んだ。

「木下どの、佐々木様は私よりも純真無垢《むく》な心をお持ちですね。江戸一番の直心《じきしん》影《かげ》流尚武館佐々木道場の若先生とも思えません」

「小太郎様、純真無垢とは言い得て妙かもしれません。佐々木玲圓先生のお眼鏡《めがね》に適《かな》ったのは、なにも剣の腕だけではありません、穢《けが》れのない心の持ち主ゆえ、尚武館の後継に決まったのでしょう」

「ちょっと待った。このお侍は、剣術《やっとう》がそんなに強いのか」

源五郎が早、茶碗酒にいい気持ちになったところで訊いた。

「この姿から想像をするのは難しかろうが、この佐々木磐音若先生の技量と識見は飛び抜けておる。ゆえに尚武館の大所帯を任されたのだ」

「そうかねえ。アラ汁を啜《すす》る格好からは剣術の達人とも思えないがねえ」

と源五郎が残った酒を飲み干した。

磐音は二杯お代わりして朝餉を終えた。焼いた鯖は骨だけが綺麗《きれい》に残っていた。

「猫も跨《また》ぐね、この骨を見たらよ」

源五郎がもう一本徳利を注文したとき、目付きの悪い中年の男が浪人者を従えて店に入ってきた。

「ありゃ」

と源五郎がうろたえた。

「勝山の源五郎、だれの許しがあって北条に足を踏み入れた。おめえには賭場の出入りは禁じてあったはずだがな」

「親分、そいつは承知だ。だからよ、今日は博奕に来たんじゃねえ。このお侍方を舟で送ってきただけのことでよ、この酒飲んだら早々に勝山に戻るぜ」

「もう遅えや」

と吐き捨てた親分が、派手な縞《しま》模様の羽織の下から十手を抜き出した。

木下一郎太は、同心の巻羽織《まきばおり》でもなく着流しでもなかった。こたびの御用に鑑《かんが》みて十手も八丁堀に残し、打裂《ぶっさき》羽織に野袴《のばかま》姿で、どこかの家中と見紛う形《なり》だった。

磬音はようやく合掌して意識を周りに戻した。

その鼻先に十手が突き付けられた。

「このお方はどなたじゃ」

茶碗に残った茶を喫しながら源五郎に訊いた。

「北条を仕切る、安房一の親分さんにして御用聞きだ。二足の草鞋を履く、げじげじ眉毛《まゆげ》の虎八《とらはち》親分だ」

「源五郎、げじげじ眉毛たあ、だれのこった」

「しまった、つい口が滑った」

「口が滑っただと、ただじゃ済まないぜ」

十手が小太郎に向けられた。

「このお方はだれだえ」

「それがしか。直参旗本設楽家の嫡男小太郎である。そなた、町人の身を顧みず御用の十手を武家に向かって突き付けるとは、どのような料簡《りょうけん》か」

小太郎の咎《とが》める声音は凜《りん》としていた。

「設楽様、上総の上湯江に領地がございましたな」

「いかにも設楽の所領地がある。それがいかがいたしたか」

「庄屋の娘が設楽の殿様のお手が付いて妾になったというが、おまえ様は妾腹《しょうふく》かえ」

「無礼者が！」

小太郎が叫び、傍らの刀を引き寄せようとした。それを磐音が静かに制し、虎八親分の顔を見ると、

「確かに、見事な眉毛じゃな。毛虫すら恐れをなすほどでござる」

と笑いかけた。

「なんだと、このどさんぴんが」

十手がくるりと回されて磐音の眉間《みけん》に叩き付けられようとした。

磐音の手から残った茶が虎八親分の目に掛けられた。直心影流の達人が取った行動だ。茶が、

ぴしゃり

と目を打ち、立ち竦《すく》んだ一瞬の裡《うち》に十手を持った手が捻《ひね》り上げられ、磐音は座したまま、虎八の体を翻筋斗《もんどり》打たせた。

どすん

と土間に虎八の巨体が叩き付けられて両眼を見開き、

「ううん」

と唸《うな》って白眼を剝《む》いた。

店じゅうが沈黙した。

浪人二人が左右から虎八を抱き抱えようとした。

「なにしやがる。てめえら、こいつを叩きのめせ。おれが後から白黒付けてやる」

と必死で虎八が二人の浪人の手を振り払い、

「い、ててて」

と言いながら腰を曲げて立ち上がった。

浪人が剣を抜いた。

「わあっ」

と店の客が沸き返り、戦いの行方を見定めようと各々が場所を変えた。

「虎八親分、十手を返そう。以後、使い方を間違えるでないぞ」

と磐音が一瞬の内に奪い取った十手を虎八の足元に投げた。そうしておいて、
すすっ
と一郎太ら三人の傍から離れた。

その左手には包平があった。

煮売り酒屋の店内だ。さほど天井は高くないし、野次馬も周りを取り囲んでいた。動きが制限されることを磐音は即座に見て取っていた。

「いけ、叩っ斬れ」

と虎八が用心棒の浪人を嗾《けしか》けた。

上総から安房にかけては、渡世を張るやくざの親分が割拠していた。各湊には千石船が寄港し、魚の水揚げもあって金が流れた。それを目当てのやくざ商売が競いあっていたのだ。

安房一の虎八親分もそんな一人だろう。用心棒を従えるくらいだ、しのぎがいいと見た。

「参る」

と磐音に対面した左手の浪人が剣を八双《はっそう》に構えて自らを鼓舞した。だが、体を前後させただけで踏み込んでこようとはしなかった。

磐音が小上がりに端然と座していることが気になって動けないのだ。それに眼前で虎八を投げ飛ばした早技を見せられてもいた。

「先生方、ただ飯ただ酒を呑み食いさせているのはこんなときのためだぜ。腕のいい用心棒なんていくらでもいるんだ。首をすげ替えるぜ」

虎八の最後通告に、よし、と二人が気合いを入れた。

「お手前方、このお方がたれか承知で斬りかかるつもりか」

一郎太ののんびりとした言葉の礫《つぶて》が二人の動きを止めた。

「われらは腕に覚えがある。何者でも構わぬ」

「ほう、大言壮語なされたな。江戸は神保小路に直心影流尚武館佐々木道場がござる。江都《こうと》一の門弟と実力の道場だ。その若先生がお相手と知っても斬りかかるかえ。おれならすぐに刀を引いて謝るがねえ」

と最後は八丁堀同心らしい巻舌で一郎太が言い放った。

「なにっ、尚武館の若先生じゃと」

「野方《のがた》、まずいぞ」

と剣を構えた二人が言い合った。

「じゃかましい。菖蒲館だか何だか知らねえが、斬れ、叩っ斬れ。そうしなきゃ、てめえら二人、安房上総一円から叩き出すぜ」

虎八の命に、

「わあっ!」

と言いながら二人は突っ込んでいったが、もはや腰が引けた踏み込みで、磐音は鞘《さや》から刀も抜かずに鐺《こじり》を回すと、二人の鳩尾に次々と突きを入れた。

二人の体が後方に大きく吹っ飛び、野次馬の前に崩れ落ちた。

「虎八親分、いかがなさるな」

「覚えていやがれ」

捨て台詞《ぜりふ》を残して虎八は、二人の用心棒を見捨てたまま、腰をふらつかせながら表に飛び出していった。

「お婆どの、騒がせたな。勘定を願おうか」

一郎太の声が長閑《のどか》に店に響いた。

第二章　仇討ち

一

磐音らは源五郎を湊まで見送り、船問屋の房州屋を訪ねた。湊近くにあって人の出入りも多かった。

一郎太が店に確かめに入った。むろん佐江傳三郎とお彩が姿を見せたかどうかを質しに行ったのだ。一郎太は番頭らしき人物と話していたが、すぐに戻ってきた。

「やはり未だ北条湊に到着しておらぬようです」

「いくら浜伝いとは申せ、あの小舟では難儀にござろう。途中で湊に上がり、房総往還を辿って安房北条入りでしょうか」

首肯した一郎太が、

「上方行きの船の播州丸《ばんしゅうまる》もまだだそうです。番頭の話だと、今夕には到着する手筈と申しておりました。ざっと荷降ろしをして明朝出船し、浦賀瀬戸を突っ切り、相模の三崎に入津するそうです」

「今晩じゅうに二人が姿を見せねば、播州丸には乗れないということですね」

一郎太は頷くと空を見上げた。

「番頭らの話ですと、天気の変わり目に差しかかり、明日は雨風が強まるかもしれないそうです。船は湊で風が鎮まるのを待つことになる、とのご託宣です」

磐音らは房州屋の店先を見通す漁師宿に部屋を取り、播州丸の到着と佐江傳三郎とお彩の到来を待つことにした。

一郎太がなにがしかの金子を渡したので、通されたのは二階の角部屋だった。格子窓から房州屋の店先をしっかりと見ることができた。

「小太郎どの、舟では熟睡できなかったろう。体を少し横にされるとよい」

磐音の言葉に小太郎が、

「いえ、私は眠らせていただきました。それよりお二人は一睡もなされておりませぬ。佐々木様と木下どのこそ仮眠をお取りください」

と健気な答えを返した。

「ならばこういたしましょう。木下どのは先日来、安房北条と明鐘岬の往復で休む暇《いとま》もなかった。まず最初に木下どのと小太郎どのが休み、最初の見張りはそれがしが務めよう」

磐音の案に、一郎太はお言葉に甘えますと答えるなり、ごろりと横になった。

それを見た小太郎も大小を体の傍らに置いて素直に横になった。

二人が鼾《いびき》をかき始めたのは横になってすぐのことだ。宿帳を持参した男衆《おとこし》が、

「おやおや、夜旅でもしてこられましたか」

と笑いながら、磐音に宿帳を差し出した。

「男衆どの、それがしが記しておくゆえ、二人になんぞ夜具を貸してくれぬか」

「あいよ」

と漁師や水夫《かこ》相手の宿の男衆は気軽に立ち上がると、大漁旗の絵柄模様のどてらを抱えてきて一郎太と小太郎に掛けてくれた。

「すまなかったな」

「旦那は横にならなくていいのかね」

「いささか役目があってな」

格子窓から外を覗《のぞ》く磐音に、

「なんぞ曰くの人待ちですかい」

「まあそのようなところじゃ」

と言いながら磐音が記した宿帳に目を落とし、

「設楽小太郎様に木下一郎太様、それに佐々木磐音様か。どうやら本名のようだな」

「われら、偽名を記す要はないでな」

「旦那、仇討《あだう》ちですか」

男衆が思い付いたように尋ねた。

「悪いが、そなたの問いには答えられぬ。そこに眠っている木下一郎太どのは、江戸南町奉行所の同心にござる」

「江戸町奉行所のお役人が安房まで出張《でば》ってきたか。ということは、出入りの屋敷の揉め事の決着を内々に頼まれたと推察がつくな」

「その推測、他人に洩らさずにいてくれると有難い」

「あいよ」

と男衆が胸を叩いてみせたが、今一つ信が置けなかった。

磐音が見張りを始めて半刻（一時間）後、湊に北条藩陣屋の奉公人が姿を見せた。

江戸から到着した船荷を受け取りに来た様子だった。小者らに荷を担がせて陣屋侍が姿を消した頃合いから海が荒れてきた。

房州屋の番頭の読みが当たり、明日は大荒れの模様となってきた。どうやら磐音らはこの漁師宿に逗留することになりそうだ。

七つ（午後四時）前、一隻の船が波を大きく被《かぶ》りながら湊に逃げ込んできた。

ばたばた

とはためく帆の下に播州赤穂《あこう》湊と読めた。

この船こそ、佐江傳三郎が一人十五両で相模小田原まで乗船を約した播州丸と思えた。

七百石船が北条湊の船着場に辿り着くと、水夫らがしっかりと麻縄で固定し、船頭と四人の水夫が船を下りた。

いよいよ風がやむのを待つ態勢だ。

船頭らがどこに行くかを磐音が見ていると、船問屋房州屋に立ち寄って何事か打ち合わせをした後、なんと磐音らが泊まる漁師宿にやってきた。

　播州丸の船頭らの定宿か、磐音らにとって好都合なことだった。佐江傳三郎とお彩が船に乗るためには、嫌でも播州丸の船頭に接触する要があったからだ。

「ううっ」

　と唸った一郎太が伸びをしてどてらを剝《は》ぐと起き上がった。

「おや、こんな刻限まで眠り呆《ほう》けてしまいましたか。佐々木さんにすまないことをしました」

「いえ、予測どおり明日から海は大荒れです。湊に入った船はどれも足止めでしょう。佐江どのとお彩様が乗り込まれる播州丸も麻縄でしっかりと船着場に舫われ、船頭方はこの漁師宿に入りました」

　一郎太が格子窓から覗くと、雨が落ち始めた船着場に舫われた播州丸は大きく揺れていた。

「どうやら長期戦になりそうですね」

　磐音は頷いた。

「お彩様方はどこでどうしておられるやら」

　と呟いた一郎太が、

「お休みになりませんか」

「もう夕餉も近い。それがし、その後に休ませてもらいます」

　磐音の返事を聞いた一郎太が、

「湊を見廻《みまわ》ってきます。これも定廻り同心の性《さが》です。気にしないでください」

　と刀を手に宿から出ていった。

　雨が落ち始めた漁師宿の前に一郎太の姿が現れ、格子窓をちらりと見上げると会釈した。そして、播州丸が舫われている船着場に立ち寄り、七百石船を眺めていたが、ふいに磐音の視界から消えた。そして、風雨がさらに強まり、播州丸も店仕舞いした房州屋も、闇《やみ》の深まりと雨脚のせいでおぼろにしか見えなくなった。

「旦那、風呂《ふろ》に入らないかね」

　男衆の声に小太郎が目を覚ました。

「おお、このような刻限まで眠り込み、佐々木様に独り見張りをさせましたか」

「小太郎どの、一緒に湯に入らぬか」

「それがし、見張りを交代します」

「外は雨、もう暗うござる。それに、いささか相談がございます」

　小太郎に湯の仕度をさせて階下に下りた。すると囲炉裏端で播州丸の船頭らが酒盛りを始めていた。

「船頭どの、この雨風どうなるな」

「明日一杯降り続く。草鞋《わらじ》を履くなら明後日《あさって》だな」

「ならばわれらものんびりしよう」

磐音が小太郎を伴い、宿の庭に立つ五右衛門風呂《ごえもんぶろ》の湯屋に行った。板屋根を叩く雨脚がうるさいほどだ。そのせいか、客は小太郎と磐音の二人だけだ。

湯加減を確かめた磐音が湯を小太郎の体にかけ、

「まず小太郎どのが浸《つ》かりなされ」

「佐々木様がお先に」

「年長の言葉は聞くものです。そうお彩様が教えてくださらなかったか」

はい、と素直に答えた小太郎が思わず、

「母上は今頃どこで雨に遭《お》うておられるか」

と呟くと慌てて、

「お言葉ゆえお先に」

と言って五右衛門風呂に入ろうとした。

「五右衛門風呂に入るにはコツがござる。まず、板の蓋《ふた》の真ん中に、左右の足裏を均等に乗せて風呂の底に沈めなされ。慌てると風呂の底で火傷《やけど》をすることになる」

「こうですか」

小太郎が湯に浮いた蓋に足をかけて上手に蓋を沈め、自らも肩まで浸かった。

「これで一つ、旅の経験が増えましたな」

「佐々木様も木下どののもなんでもご存じですね」

「木下どのはなにしろ江戸市内を町廻りするのがお役目、なんでも承知しておられます。それがしは人様からの受け売りです」

「佐々木様、ご奉公を辞されて未練はございませぬか」

「藩を離れて長い歳月が流れました。それがし、屋敷奉公をしていたことなど疾《と》うに忘れ申した」

「私も佐々木様と同じように市井に生きる道を選ぶとしたら、後悔はございますまいか」

小太郎は、佐江傳三郎と実母のお彩と対決することとは別の道に思いを巡らしていたのだ。それは設楽家の廃絶を意味し、小太郎は屋敷を出ることになる。その犠牲の上に佐江傳三郎とお彩の、

「新たな余生」

があった。

「小太郎どの、そなたと同じように母御もあれこれと心を砕いておられよう。お二人して決断するのは最後の最後でようござる」

「母上はこの地に参られましょうか」

「もう姿を見せられてよい刻限です」

「ならば、このようにのんびりと湯など浸かっていてよいものでしょうか」

「囲炉裏端で酒盛りする船頭衆を見かけましたな。あの方々は佐江どのが乗船を約してきた船の船頭衆です。この雨風、明日一杯続く模様ゆえ、佐江どのと母御は嫌でもこの船頭衆に縋るしか船に乗る術《すべ》はござらぬ」

「佐々木様がのんびりしておられるのはそのせいですか」

いかにも、と笑みの顔を向けた。

「佐々木様、交代しましょう」

小太郎が五右衛門風呂から上がり、磐音が身を浸けた。すると湯船から湯が溢れそうになった。磐音は肩まで沈めることなく湯を溢れさせないようにした。

「佐々木様、お身内と会いたいと思われたことはございませんか」

「小太郎どの、それがし、藩を離れたとは申せ、罪科《つみとが》あって豊後《ぶんご》関前《せきまえ》を後にしたわけではござらぬ。ただ今も藩主福坂実高《ふくさかさねたか》様やお代《だい》の方様と江戸屋敷でお目にかかることもありますし、妻のおこんを連れて国許に戻ったこともあります」

「それでは佐々木様は、選ばれた道に悔いはないのですね」

「すべて天の定めるところに従い、行動したのです。悔いは残しておりませぬ。ただ早すぎる友らの死には、責めを感じており申す」

「時が過ぎ去っても責めは薄れませぬか」

小太郎は自らのこととして磐音に質していた。

「残念ながら、薄れるどころか、思いは深くなっており申す。これも、それがしが負うた宿命《さだめ》なれば、生涯、小林琴平《こばやしきんぺい》、河出慎之輔《かわでしんのすけ》、そして、慎之輔の妻の舞《まい》どのの死を背負って生き抜く覚悟にござる」

「私も、佐々木様のように強い心の武士になりとうございます」

ただ首肯した磐音は湯から上がり、

「背中を流そう」

「天下の佐々木磐音様に背を流させてよいものでしょうか」

「小太郎どの、われら、もはや裸の付き合いじゃ。交代で背を流し合いませぬか」

「それはよいですね」

二人が湯船を上がろうとしたとき、一郎太が姿を見せた。

「雨に濡《ぬ》れませんでしたか」

「軒下伝いに湊付近の宿を歩きましたから、さほど濡れはしませんでした」

と答える一郎太と交代して二人は湯船を空《あ》けた。

「小太郎様、未だお二人は安房北条には到着しておられぬ様子です」

「途中で雨に降りこめられて焦っておいででしょうね」

磐音の言葉に一郎太が、

「佐江は地下侍、上総安房のことはよう承知です。この雨風では、どの船も風が弱まるのを湊で待つしかないことを知っているでしょう。ゆえに焦ることなく今宵を過ごし、明日にも北条に入るのではないでしょうか」

「いかにもそれが賢明な策ですね。われらは播州丸の船頭方と一緒、この漁師宿で待てばよい」

いかにもさようです、と応じた一郎太が湯を被って湯船に入り、

「ああ、気持ちよい」

と呟いた。

磐音と小太郎が囲炉裏端に戻ると、船頭たちが酒盛りをやめ、緊張の気配で身を硬くしていた。

北条藩の御役人の宿改めの様子だった。陣笠《じんがさ》を被った役人二人に、小者が六尺棒を小脇《こわき》に抱えて従っていた。

じろり
と役人の一人が磐音と小太郎を見た。

「そなた方は」

「雨風の中、お役目ご苦労に存ずる」

「そのような挨拶はよい。身分はいかに」

「こちらは直参旗本設楽家の嫡男小太郎様にございます」

「設楽家、確かこの近く上湯江に所領地がござったな」

「いかにもさよう」

「して、そこもとは」

「それがし、江戸は神保小路、直心影流尚武館佐々木道場の佐々木磐音にござる」

磐音は正直に身分を明かした。

「なに、尚武館道場の佐々木どのか。確か佐々木玲圓というお方が道場主ではなかったか」

「それがしの養父《ちち》にござる」

「となれば、そなたは若先生か」

役人の言葉遣いが急に和らいだ。

「この安房北条になんぞ御用あってのことか」

「いささか仔細《しさい》がございまして」

と応じた磐音は、

「もしなんぞ北条にてご迷惑をかけるようならば、ご陣屋に挨拶に出向く所存にござる。今のところお見逃し頂けると有難い」

「相分かり申した」

と北条藩の宿改めの面々が雨の中に姿を消した。

「ふーうっ」

と大きな息を吐いたのは船頭たちだ。

「どうも役人とは反りが合わねえ」

と吐き捨てた船頭が、

「旦那がいて助かったぜ。いえね、わっしら、格別に調べられて困るような船頭じゃないがね、気色が悪い」

と播州赤穂籍《せき》の船の船頭が江戸弁で応じた。

「酒を邪魔されたようだな」

「酔いが覚めちまった」

船頭は女衆《おんなし》に熱燗《あつかん》を注文した。

「旦那、おれの杯《さかずき》、受けちゃくれねえか」

「馳走してもらえるのか」

「明日は宿でお籠《こも》りだ。骨休めさ」

「頂戴《ちょうだい》いたす」

酒を受けた磐音が湯上がりの一杯を飲み干し、

「なんとも美味じゃな」

と笑い返した。

「そなた、播州赤穂の船の船頭どのじゃな」

「いかにもそうだが」

「播州の船頭にしては上方訛《なま》りがないようだが」

「おお、それかえ。確かに船籍は播州赤穂にあるがよ、わっしらは江戸の横川町の船問屋の雇われだ」

「道理でな、江戸言葉だ」

「旦那がおこん様のご亭主たあ、全く知らなかったぜ」

「そなた、それがしの女房どのを承知か」

「今小町って評判になったほどの美形だ。今津屋《いまづや》に奉公の時分は、両替屋なんざ用もねえのに覗きに行った口だ。おこんさんがお武家様と所帯を持って今津屋を引いたと聞いたが、まさか佐々木道場の跡取りと夫婦《めおと》になっていようとはな。なんにしてもめでたいや」

熱燗が運ばれてきて、磐音の杯に新たな酒が注《つ》がれた。そこへ一郎太も湯から上がってきて、囲炉裏端で風雨を耳にしながらの宴《うたげ》になった。

最前から飲み続けていた船頭はすでに酔っぱらっていた。

「尚武館の若先生よ。おりゃ、上方船の雇われ船頭だが、根っからの江戸っ子だ。神田の水で産湯を使ったお兄さんよ」

「名はなんと申される」

「神田雉子町《きじちょう》育ちの壱助《いちすけ》だ」

「壱助どの、宜《よろ》しく願おう」

　時ならぬ酒盛りに小太郎が目を白黒させて見ていた。

「そちらの旦那はやっぱり剣術遣いか」

「佐々木先生が正直に申されたようだ。それがしも偽るわけにはいかぬな。南町奉行所定廻り同心木下一郎太だ」

　壱助が一郎太を睨《にら》み、

「おりゃ、役人とは反りが合わねえと、この旦那に言ったばかりだ。なんで南町の旦那が安房くんだりまでのしてくるんだ」

「そう申すな。仔細あってのことだ」

　一郎太が壱助に徳利を差し出すと、

「仕方ねえ。南町同心の酌を受けるか」

と壱助がようやく機嫌を直した。

二

　江戸も風混じりの雨が降っていた。

この日、佐々木玲圓はいつもより早く道場に出た。

磐音が、南町奉行所定廻り同心にして友の木下一郎太の願いで御用旅に出たせいだ。

すると道場の中央に一人の人影があって、一心不乱に木刀の素振りをしていた。

玲圓はしばし戸口で立ち止まり、腰が据わった素振りを見ていた。

土佐藩山内《やまのうち》家の江戸屋敷に生まれ育った重富利次郎《しげとみとしじろう》だ。

同じ頃入門した松平辰平《まつだいらたつぺい》が、痩《や》せてはいるが闘争心が激しいことから玲圓に、

「痩せ軍鶏《しゃも》」

と評されたことで愛称となり、丸々と太っていて負けん気が強い利次郎も、今津屋のおきよから痩せ軍鶏と対に、

「でぶ軍鶏」

と名付けられ、仲間内でもそう呼ばれていた。

二人は競い合って稽古に励んできた。

尚武館の猛稽古に耐えた松平辰平は西海道を武者修行の途次であり、そのことに奮起した利次郎も尚武館の住み込み門弟の一人としてしっかりと体を鍛え上げ、今やどこにもでぶ軍鶏の面影はない。

玲圓は、昨日使いを貰《もら》った利次郎が藩邸に戻ったことを承知していた。だが、帰りはだいぶ遅かったと見えて挨拶を受けていなかった。

「利次郎」

玲圓の呼びかけにはっと気付いた利次郎が木刀を下げて、玲圓に向き合い、その場に座した。

「お早うございます、大先生」

「なんぞあったか」

「父上に、そなたもそろそろ奉公を考える年頃、いつまでも尚武館に世話になって住み込みでもあるまい。土佐に戻る御用ができたゆえ、父の供をせよ。国許を見るよい機会であろうと言われました」

「いつ出立《しゅったつ》いたすな」

「十日後にございます」

「旅は人間を成長させるよい機会じゃ。行って参れ」

「父と一緒の道中にございます」

「父御は苦手か」

「これまでついぞ話し合うこともなく過ごして参りました。父は兄に家督を譲る決心をしたようで、それを機にそれがしをどこぞに婿入りでもさせる心づもりのようです」

利次郎の口調にはなんとも迷惑なという感じが籠っていた。

「いつまでも尚武館の住み込みでは、父御も心配なされよう」

「それがし、剣で生きる道をと心密《ひそ》かに考えておりました。大先生、それがしには剣術の才はございませぬか」

利次郎の問いには必死の想いがこめられていた。

「剣術の才は、その道を志す者たれにも備わっているものじゃ。それを磨いて本物の技量とするのは不断の稽古じゃ。そなた、近頃格段の進歩を見せておる。それもこれも不断の稽古の積み重ねがあったればこそ。これが才だ」

「はい」

「利次郎、どの道でもそうじゃが、その道で生計《たつき》を立てるということは難儀なことでな、さらに何倍もの努力が要ろう」

「大先生、それがし、頑張ってみせます」

頷いた玲圓は、

「父御の案じられることにも一理ある。どうじゃ、父御と旅をすることなど生涯滅多にあることではないぞ。土佐の気風は豪放にして質実と聞く。武術も盛んじゃ。そなたが向後どの道を進もうと、山内家の藩風と土地柄を知るのは悪いことではない。良い機会じゃ、旅をして参れ」

「大先生、利次郎に、尚武館道場の門弟を辞めよと言われるのですか」

「たれがそのようなことを申した」

「ならば、尚武館に在籍したまま旅に出てようございますか」

「それがそなたの気持ちに安寧《あんねい》を与えるならばな」

「では、そのようにさせていただきます」

「折りがあらば、そなたの父御とそれがしが話をいたそうか」

「父も大先生に挨拶がしたいと申しております。旅の前に父を尚武館に伴ってようございますか」

「いつなりと」

と答えた玲圓が、

「利次郎、稽古をいたそうか」

と誘い、

「はっ」

と畏まった利次郎が、道場の壁に並べて掛けられた自分の竹刀《しない》を取りに走った。

おこんは寝床の中で雨音を聞いていた。すると母屋から養父の玲圓が道場に出向く気配がして、しばらくすると竹刀で打ち合う音がしてきた。風雨を突いての竹刀の音は、

「利次郎さんのようだわ」

とおこんは思った。佐々木家に嫁いで連日男たちが竹刀や木刀で打ち合う音を聞いていると、なんとなく、

「これは利次郎さんの気合い」

とか、

「ああ、元師範の依田《よだ》様の踏み込みの足音」

とか判断がつくようになっていた。

利次郎は昨日屋敷に戻る前におこんに断りを入れた。

「屋敷から呼び出しです、なんとなく嫌な予感がするな」

「嫌な予感って」

おこんは利次郎の姉様になった気分で訊き返した。

「剣術の修行はほどほどにして、どこぞに婿入りしろなんて小言です」

「いつまでも尚武館で住み込み門弟をしていられないのは確かよ」

「それはそうでしょうが、今やめれば中途半端に終わる気がしてなりません。それがし、若先生のように剣で生きる道を探りたいのです。駄目でしょうか」

「磐音様が貫き通された道です。利次郎さんにできない筈はありません」

「そうですよね」

「でも大変ですよ」

「承知しています」

利次郎が険しい顔で答えた。

おこんは、磐音が胸に積み重ね、背に負った宿罪の大きさを、指先ほども利次郎は知らないと思った。

磐音が就寝中時折りうなされることを、おこんは床を並べて寝るようになって知った。それがただの夢に脅《おど》かされているのではないと、時に寝巻をじっとりと濡らす汗に感じ取っていた。

磐音がこれまで戦い、斃《たお》した相手が夢枕に現れているのだ。剣の道に生きるとはそれほど厳しいものだ。

それが、修羅場《しゅらば》を潜《くぐ》ったことのない重富利次郎にできるであろうか、おこんはそれを案じた。

「利次郎さん、まずお屋敷に戻り、何の御用かとくと話しておいでなさい。その上で思い悩むようなことなら、養父上か、磐音様に相談なされればよいのではありませんか」

「そうですよね。それがし、尚武館の門弟ですからね」

自ら得心させるように言うと、利次郎は神保小路を後にしたのだ。

利次郎が玲圓を待ち受けて、昨日のことを相談した後、稽古を付けてもらう物音を感じながら寝床を離れた。

「磐音様はこの雨音をどこで聞いておられるのか」

木下一郎太がもたらした話は実に厄介《やっかい》なものだった。

直参旗本の当主が酒に酔い狂い、後添いに乱暴を働くのを止めようとした家来の刃《やいば》が過って主《あるじ》の命を奪ったというのだ。後添いと家来は同じ所領地に育った間柄で、お互いを幼い時から見知っていたとか。後添いはなにを思ったか、主を殺した家来の手を引いて屋敷から逐電したというのだ。

直参旗本設楽家は三河以来の名家、そのことを考えた磐音と一郎太は、玲圓の知恵を借りた。すると玲圓は即座に、剣友にして御側御用取次速水左近に会うよう命じた。

その結果、磐音と一郎太の上総行きが急ぎ決まったのだ。

武家社会では、主殺しはいかなる事情があろうとも大罪であった。だが、当主の設楽貞兼はしばしば大酒を飲んで殴る蹴るの乱暴を働き、時に刀を抜いて暴れ回るという、

「病」

の持ち主であった。非は明らかに主にあった。だが、設楽家が存続するためには、屋敷から逃亡した設楽彩と佐江傳三郎を見逃すわけにはいかなかった。

磐音と一郎太は十三歳の嫡男小太郎を伴い、

「仇討ち助勢」

の旅に出たのだ。

幾多の修羅場を潜ってきた磐音だが、仇討ち助勢は初めての経験だった。

「こたびの一件、正直困っておる。ただ、木下どのの苦衷《くちゆう》と速水様の命に背くわけにはいかぬでな」

おこんにこう言い残して磐音は急ぎ旅に出ていった。

おこんは行灯《あんどん》の灯りで身仕度を整えると、離れ屋から母屋に向かった。すると
すでにおえいが台所にいて、早苗《さなえ》が起きてきたところだった。
「養母上《ははうえ》、早苗さん、お早うございます」
二人がおこんに挨拶を返し、おえいが、
「利次郎どのは夜半に戻ってこられたようじゃな。季助《きすけ》を起こして通用門を開け
てもらったようです」
「なにか悩みを抱えてお戻りか、明け方養父上を待ち受けて相談をなされた様子
です」
「ほう」
と言っておえいがおこんを見た。
「なにか、養母上」
「そなた、そのようなことまで寝床にありながら見通せますか」
「こんは八卦見《はっけみ》ではございません。屋敷に戻る前に利次郎さんが私のところに来
て、屋敷に戻れば、剣術を止めて婿入りでも考えよとの話がある筈だと言い残し
て行かれましたので、なんとなくそう考えました」
「それにしても、住み込み門弟衆は大勢いますよ」

「利次郎さんが木刀を振る音は、なんとなく察しがつくのです」

「私は今もって、たれが木刀を振り回すのか区別がつきませんよ」

と大らかに笑ったおえいが、

「さて、腹を空かせた門弟衆の朝餉の仕度にかかりましょうか」

と言うところに飯炊きの老婆も姿を見せて、尚武館の台所では女たちの一日が始まった。


風雨は夜通し続いた。明け方になってもやむ気配はなく、一段と強くなったように見受けられた。

漁師宿で壱助船頭らはぐっすりと寝込んでいた。

一郎太から夜半過ぎの八つ（午前二時）の刻限に見張りを交代した磐音は、叩き付けるように降る雨を、細く開けた雨戸と格子窓越しに見ていた。

未だ夜が明ける気配はない。

どこにあるのか、常夜灯の灯りが、風雨に揺れ動く播州丸をおぼろに浮かび上がらせていた。

一郎太も磐音も、この風雨を突いて夜の内に佐江傳三郎とお彩が姿を見せるとは思っていない。来たとしても、播州丸の船頭も水夫《かこ》も眠り込んでいるのだ。

磐音と一郎太の予測は、風雨がやむと見られる夕刻までに安房北条入りして船問屋を訪ね、さらに播州丸を訪ねるか、あるいは漁師宿に来る筈というものであった。だが、万が一ということがあり、それゆえの見張りだった。

ゆっくり夜が白んで、波立つ湊の景色が見えるようになった。

小太郎が寝返りを打ち、はっとしたように寝床に起き上がった。

「佐々木様、相すみません。設楽家の醜聞ですのに、当人のそれがしがのうのうと眠り込んでしまいました。それがしが見張りを交代します」

「ならば代わってもらおうか」

磐音は小太郎の申し出をあっさりと受けて、厠《かわや》に下りた。洗顔して台所の囲炉裏端に行くと、壱助が煙草を吸っていた。

「壱助どの、昨夜《ゆうべ》は楽しゅうござった」

「おまえ様方は夜通し交代で起きておられたようじゃな」

とだれに聞いたか、そう問うた。

「われらがなにをなさんとしているか承知か」

「船問屋の番頭から、相模小田原湊まで武家の男と女を一人頭十両で渡してくれと相談があった。わっしら、船問屋に世話になるで、断り難《にく》いや。その二人が、佐々木の若先生方の狙《ねら》いと見た」

船問屋は一人頭五両の仲介金を間引くようだ。

磐音はしばし考えた末に言った。

「壱助どの、正直にそなたに打ち明ける。そなた方を騒ぎに巻き込みたくないでな」

「聞きましょう」

「われらが伴った設楽小太郎どのの実母お彩様と家臣の佐江傳三郎どのが、そなたの船の乗客じゃ」

「なんですって。あのお侍さんのおっ母さんと家来が道行かえ」

「事情《わけ》がござってな」

磐音はおよそのことを壱助に告げた。

壱助は磐音の話を聞き終わっても、しばらく黙り込んで考えていた。

「見逃すわけにはいかないのかえ」

「見逃せば、設楽家二千百五十石が廃絶となる。小太郎どの以下、大勢の奉公人が路頭に迷う羽目に陥る。これが武家の習いでな」

「おまえ様は、幼い小太郎様を助けて仇討ちをしようという話か」

「連れの木下一郎太どのの出入りが設楽家でな、内々の処置を頼まれたのじゃ。この一件、さる幕閣のお方も承知しておられるゆえ、方策は二つしかござらぬ」

「一つは、佐々木若先生方が小太郎様を助けて、家来の佐江様と実のおっ母さんを斬ることだ。酷《むご》い話だぜ」

「残る一つは、われらが二人の船出を見過ごすことだ」

煙管《きせる》の雁首《がんくび》を囲炉裏端に打ち付けた壱助が、

「それで互いが幸せになるとも思えねえ。どうしたものかねえ」

「忌憚《きたん》なく申せば、それがしにも分別がつかぬ。それは木下どの、小太郎どのとて同じ気持ちであろう」

「尚武館の若先生よ、おれは二人を乗せればいいのか、拒めばいいのか」

「ふーう」

と磐音は一つ息を吐き、

「そなたの判断次第。それがしに、どうせよとは答えられぬ」

「ええ話を持ち込みなさったね」

煙管の火口《ほくち》に刻みを詰めた壱助が、

「いっそ何日も何年もこの雨が降り続けば、佐江様もお彩様も北条湊に姿を現さないかもしれないぜ」

「やまぬ雨はないでな」

「すべての大本は設楽の殿様の酒乱だぜ」

「分かっておる」

二人の会話はそこで止まった。

壱助が淹《い》れてくれた茶を黙したまま喫した磐音は、断って部屋に戻った。すると小太郎は雨風が吹き荒れる湊を凝視していた。

「なんぞ異変がござったか」

「いえ、ございません」

振り返った小太郎が、

「それならばよい」

と答えて顔を激しく振った。

「佐々木様、母上らはもはやこの北条に来ぬのではございませんか」

「なぜそのようなことを考えられますな」

「ただ、そう思うただけです」

「お二人の将来はあの播州丸にかかっております。なんとしても乗り込もうとなさる筈じゃ」

磐音にも一つの懸念があった。

明鐘岬下の浜で磐音はお彩と出会い、短い会話を交わしていた。お彩は磐音らが小太郎を伴っていることを知らなかったが、どこからか洩れ聞いた可能性も否定できなかった。

となれば船に乗り込むことを諦めて、房総往還を捨てて半島を東上し、九十九里か、成田街道に向かう道を選んだことも考えられた。

(それなればそれで致し方ないこと)

と磐音は自らの失態を認めた。

「小太郎どの、ただ今は思い悩むことをよしにいたさぬか。われらはこの北条湊で待ち受ける道を選んだのじゃ。それを信じて待ちましょうぞ」

「いかにもさようでした」

昼餉を食した後、雨がやんだ。

だが、風は残り、播州丸など湊に停泊する船がぎしぎしと軋《きし》んでいた。

磐音と小太郎は漁師宿を出て、船着場に停泊する播州丸を見に行った。

「思いのほか、小さなものですね」

と小太郎が七百石の播州丸に驚きの様子を見せた。

「壱助船頭方は陸奥《むつ》の塩竈《しおがま》から播州赤穂まで、外海内海をこの船で乗り切って仕事をしておられるのじゃ」

「佐々木様はかような船で旅をなされたことがございますか」

「それがしの国許は西国豊後関前にござる。一年も前であったか、おこんを故郷《くに》の両親に会わせるために、藩の雇船で江戸の佃島《つくだじま》沖から相模灘《なだ》、駿河《するが》沖、遠州《えんしゅう》灘、熊野灘を抜けて瀬戸の内海に入って、豊後関前まで旅をいたした」

「おこん様もご一緒に船旅を」

「おこんは船酔いに悩まされたが、今ではよき思い出としばしば語っており申す」

「母上と佐江傳三郎先生にも、そのような思い出を振り返る日が参りましょうか」

小太郎が思わず呟いた言葉に磐音は応《こた》える術がなかった。

三

江戸でも雨がやんだ。

尚武館門前では白山《はくさん》が、たっぷりと水を含んだ神保小路を眺めていた。

どこの屋敷からか紅葉《もみじ》が雨風に散り飛ばされて、神保小路の水溜《みずたま》りを秋色に染めていた。すると急に西日が射し込み、散り紅葉を色鮮やかに浮かびあがらせ、武家地が明るく輝いた。

「白山、長雨でうんざりしたのう」

と門番の季助爺が白山に話しかけた。白山が季助を振り返り、尻尾《しっぽ》を振った。

「散歩の催促か。今に門弟衆が見えられるわ」

雨に降り籠められて白山の散歩が疎《おろそ》かになっていることを、季助も承知していた。そこへ早苗が姿を見せた。

「白山、散歩はまだなの」

早苗が尚武館の玄関を振り向くと、住み込み門弟の利次郎らがぞろぞろと稽古着姿で現れた。手に木刀を持っているところを見ると、散歩を兼ねて湯島天神辺りまで走りに行く算段とみえた。

「利次郎さん、白山が待ち兼ねておりますぞ」

季助が白山に代わって言った。

「そう申すな。われらも雨に降り籠められてうんざりしていたところだ。これからたっぷりと散歩をさせるでな、白山、音《ね》を上げるでないぞ」

利次郎が言うと、早苗が心得て白山の引き綱を解いた。すると白山が大きく伸びをして尻尾を振った。

「白山、帰ったら美味しい餌《えさ》を用意してるわね」

早苗の手から広瀬淳一郎《ひろせじゆんいちろう》が引き綱を受け取った。

「早苗さん、すっかり尚武館に馴染んだわね」

無口の霧子《きりこ》が珍しくも早苗に話しかけた。

「皆さんのお蔭でようやく慣れました。長いことご迷惑をおかけしました」

早苗が霧子に頭を下げた。

「早苗さん、私なんか一年以上も皆と口を利《き》かなかったわ。早苗さんはその点、すぐに尚武館に溶け込んだわ」

「そうでしたか。安心しました」

若い娘同士が笑い合った。

「霧子と早苗さんではだいぶ立場が違うでな、致し方あるまい」

利次郎が言うと、

「本日は水道橋を渡り、春日町の辻《つじ》で曲がって御弓町から北ノ天神真光寺前を通り過ぎ、市中引回し廻路に沿って湯島天神で参拝し、神田明神下に出て、昌平橋を渡って神保小路に戻る道程じゃぞ。白山が用を足すときは全員その場で足を止め、抜け駆けなどするでないぞ」

利次郎の一場の演説に、

「抜け駆けするのはでぶ軍鶏、いつもそなたではないか」

「そうだそうだ」

と仲間に抗議の声が上がった。

「過ぎ去ったことなど思い出すでない。そのようなことに拘泥していては、田丸《たまる》輝信《てるのぶ》のように小さな人物ができあがる」

「言うな、でぶ軍鶏」

田丸の叫び声を合図に利次郎らが走り出し、白山も引き綱を淳一郎に取られて従っていく。

尚武館名物、住み込み門弟衆の夕方の日課を見送っていた季助が、

「でぶ軍鶏どの、いつになく張り切っておるが、なんぞあったかのう」

と呟いた。

「なにをするにしても、若先生が留守の間くらい、静かにできないものかな」

利次郎の行動を案じる季助の言葉を聞いてから、早苗は門前から台所に戻った。

すると雨に濡れた白桐《しろぎり》の木が清々《すがすが》しくも早苗の目に映じた。

その時、早苗はふと、

(父上はどうしておられるか)

と刀を捨てる決心をした父竹村武左衛門《たけむらぶざえもん》のことを気にした。


「利次郎、そなた、昨夜遅く戻ったにしては今朝早く道場に立ち、大先生に稽古をつけてもらっていたが、屋敷でなにか言われたか」

水道橋を渡りながら田丸輝信が利次郎に訊いた。

「それがしの尚武館暮らしもあと十日を切った」

「なに、尚武館の修行を打ち止めにするのか」

二人の会話を、走りながら全員が耳を欹《そばだ》てて聞いていた。

「父の供でな、土佐に行く」

「奉公の口があったか」

尚武館の住み込み門弟の多くは大名家、旗本家の次男三男が多い。俗に言う、

「部屋住み」

という身分で、屋敷にいても肩身が狭い。だから、仕官や婿《むこ》や奉公の言葉にはだれしも敏感だった。

「父は望んでいるがな、この時世そう容易《たやす》いことではないわ。土佐を知らぬそれがしを国許に伴い、あちらこちらと家中を引き回し、婿の口がないか探す魂胆であろうが、そうそう都合のよいことが転がっておるものか。第一、おれはそんなことなど望んでもおらぬ」

霧子を省いた全員が、利次郎の言葉をしみじみと聞いた。

「でぶ軍鶏、父上のお気持ち、有難く思え。おれなんぞはとっくに愛想を尽かされておる」

田丸が言い、おれもだ、いや、そなたばかりではない、それがしも愛想を尽かされた組だと何人もが応じた。

「ともかく、大先生にも諭《さと》されたゆえ土佐を見て参る。だが、尚武館のおれの席

は空けておけよ」

「そなたに元々席などあったか」

「ないない」

また、わいわいがやがや声が上がった。

「でぶ軍鶏、そなた、旅など初めてのことであろう」

「自慢ではないが、六郷《ろくごう》の渡しを越えたことがない。つまりはちゃきちゃきの江戸っ子だ」

「土佐っぽの末裔《まつえい》が、なにが江戸っ子なものか」

と田丸が受けて、

「ともあれそなたが江戸を留守にするとなると、友達甲斐《がい》に別離の宴をもうけぬといかぬな」

「ほう、別れの宴をしてくれるか」

一行は北ノ天神真光寺の広い境内《けいだい》に走り込み、墓場の傍らの草叢《くさむら》で白山にたっぷりと用を足させた。

「でぶ軍鶏、われらに欠けておるものは常に金じゃが、この際、それは忘れて、どこぞ飲み食いする場所を探さねばならぬ。望みはあるか」

「そりゃ、なくもない」

「どこだ」

「うーむ」

と利次郎が呻《うめ》いた。

「言え、言うだけなら勝手だ」

「叶えられぬ望みなら言うだけ損だ」

「この際、損得など忘れろ」

「一度でいいから、宮戸川《みやとがわ》の座敷でたらふく鰻《うなぎ》の蒲焼《かばやき》を食したい」

「無理だ。われらの身分を考えてみよ」

利次郎の望みはあっさりと拒まれた。

一行は北ノ天神の境内を出ると再び武家地を東に向かって走り出した。稽古着の背から残照が射し込んで、隊列の前に長い影を落としていた。すでに利次郎らは顔に汗をかいて、白山の息も弾んできた。

「待て。おこん様に相談する手があるぞ」

でぶ軍鶏が言った。

「おこん様に言えば、なんとか相談には乗ってもらえよう。だがな、それは若先生やおこん様の親切に縋って宮戸川に上がるという話になる、なんとも情けないではないか。身分相応なところ、われらの懐勘定に合うところでそなたの宴を開きたいのだ。そうは思わぬか」

「田丸の論が正しい」

と一行の中から賛意が上がった。

「やはり駄目か」

「宮戸川は諦めよ」

「となると、神田明神下辺りの煮売り酒屋かのう」

「その辺が穏当なところじゃな」

しばらく無言のままの走りが続いた。

麟祥院《りんしょういん》の長い塀と門前を過ぎるまで、一行は思案しながら走った。道が緩やかな下りに差しかかった。

「でぶ軍鶏さんの送別の宴に何人集まりましょうか」

白山の引き綱を持つ淳一郎が言い出した。

「われら、若手、住み込み門弟の他は期待できまい」

「いえ、意外に大勢が集まるかもしれません」

霧子が言い出した。

「若先生を筆頭に、若手の門弟衆の大半が宴に出席すると思います」

「霧子、そう思うか」

なぜか破顔した利次郎が念を押し、紅潮した霧子の顎《あご》が上下に振られた。

「おれは尚武館の人気者にして人望があるからな」

「利次郎さん、勘違いしないで。若先生が出られる宴だから門弟衆が集まるのです」

「なんだ、若先生の名で集まるのか」

当たり前だ、と田丸が決め付け、

「霧子の見込みが立つならば、大勢が集うことのできる煮売り酒屋を探さねばならぬが、そのようなところがあるか」

と場所を案じた。

「あります」

「どこの煮売り酒屋だ」

「いえ、そのような場所ではございません。利次郎さんに相応《ふさわ》しい宴の場所はただ一つです」

「どこだ」

「利次郎さん、尚武館です」

「なんだ、代わり映えせぬではないか。もう少し工夫はないか」

当の利次郎が注文を付けた。

「そうだな。大先生にお断りして道場に酒樽《さかだる》を据え、つまみはスルメかなにかでやるのがわれら、部屋住みには分相応というところかの」

送別の宴を言い出した田丸輝信が霧子の案に賛意を示した。

「となると、大先生にはたれがお断りする。当のでぶ軍鶏を使いに出すわけにもいくまい」

「そりゃ、田丸、言い出したそなたに決まっておるわ」

「うーむ、おれか。大先生にこのような注文とは、苦手じゃな」

田丸が走りながら首を捻《ひね》った。

「私も一緒にお願いに上がります」

霧子が言い出した。

「女のそなたなら大先生も文句はつけられまい。こんなとき、若先生がおられれば話が早いのだがな」

「またそれか。われら、若先生とおこん様に甘えすぎておるぞ」

一行の前に湯島天神の境内の梅林が見えてきた。残照を受けた梅の枝に残り葉があって赤く染まっていた。


雨に打たれた播州丸の点検を船頭の壱助や水夫らが行うのを、磐音と一郎太と小太郎は見ていた。

上げ蓋に溜まった水を掻き出し、帆や舵《かじ》を丹念に調べて航海に支障はないか確かめる作業は日没まで続いた。

「船頭どの、明朝の出帆は七つ（午前四時）かな」

一郎太が艫櫓《ともやぐら》に立つ壱助に訊いた。

「木下様、この時節、七つは暗いでな、夜明けを待って碇《いかり》を上げますぜ。明け六つ（午前六時）前かのう」

「明日の湊はどこだな」

「相州《そうしゅう》小田原湊だ。明日の天気なら七つ（午後四時）前には辿り着こうな」

と老練な船頭の壱助が請《う》け合った。

磐音が見ている前で点検作業は終わった。

「旦那方ともお別れだ」

「江戸に戻ったら神保小路に参られぬか」

「おれのような船頭が訪ねていっても迷惑じゃないかね」

「尚武館に集うのはなにも侍ばかりではござらぬ。商人《あきんど》もおれば、三味線造りの名人も大工の棟梁《とうりょう》もおられる。なんの迷惑があろう」

「なら、この次江戸に戻った折り、必ず尚武館の稽古を見物に参りますぜ」

磐音らは一足先に安房北条の湊を離れて漁師宿に向かった。

「母上は参られぬな」

と小太郎がぽつんと言った。

「もしこの近くにお彩様がいて、われらばかりか小太郎様の姿を目に留めたとしたら、間違っても船には乗られませぬな」

と一郎太は呟いた。そして、考えた。そのことを予測した磐音は、ために小太郎を同道して播州丸の仕度を長々と見ていたのではないかと。

磐音は一郎太の言葉になにも答えない。

漁師宿に戻った磐音らはまた二階の部屋から播州丸を見張る作業についた。最初は小太郎が自ら志願した。

仕度を終えた壱助らも宿に戻ってきて、播州丸は再び無人になった。

小太郎の見張りは夕餉を挟んでも続いた。夜の間、交代で見張りにつく磐音と一郎太に少しでも迷惑をかけまいとしてのことだ。

一郎太が安房北条の街道口の見張りに出ていった。磐音は囲炉裏端に残り、壱助らと談笑していた。

その声を聞きながら、小太郎は押し寄せる波にゆったりと揺れる播州丸を見ていた。

朧月《おぼろづき》が薄い明かりを海に落としていた。

五つ（午後八時）過ぎか、月が雲間に隠れた。すると小太郎の目に、闇に紛れて小舟が播州丸に接近するのが見えた。

「佐江先生」

母上はどちらにと目を凝らすと、小舟の中央に端坐《たんざ》するお彩の姿があった。二人は小舟を捨てていなかった。船頭らがいない船に密かに潜入して船出を待つ企てとみえた。

佐々木様を呼ばねば、と小太郎は思いつつも、ただ二人の行動を凝視していた。

小舟が播州丸の右舷《うげん》に接近するために、小太郎の視界から一旦消えた。だが、すぐに播州丸の船上にお彩が押し上げられる姿が目に留まり、細長い菰《こも》包みを抱えた姿はたちまち船倉下へと消えた。

佐江とお彩は何度も播州丸に潜り込む方策を考えてきたのだろう。お彩の行動に淀《よど》みはなかった。

二人は船問屋を訪ねることをせず直《じか》に播州丸に乗り込み、船出した後に船頭に無断乗船の許しを乞《こ》うつもりなのだ。

小太郎は身を硬くして考えていた。

すでに設楽家を継ぐことを諦め、家名断絶の道を選んでいた。それが佐江傳三郎とお彩が唯一生き延びられる道だった。

すべては父の酒乱から生じた騒ぎだった。設楽の家は貞兼の死とともに終わったのだ。

小太郎はそう考えを整理した。

再び小舟が小太郎の視界に入った。佐江が櫓を操り、播州丸から離れていこうとしていた。

(佐江先生は母上だけを逃がすつもりか)

小太郎は訝《いぶか》しく思った。

（いや、そんな筈はない。佐江先生は母上に最後まで連れ添われる）

筈だと思った。

ならばどうして小舟で消えたのか。

どれほど刻限が経過したか、小太郎の目に、佐江が頭の上に衣服を括《くく》りつけてのし泳ぎで播州丸へと接近する姿が映った。

（やはり戻ってこられた）

小太郎は佐江が播州丸の船縁《ふなべり》を攀《よ》じ登って船倉へと姿を消したのを見て、

（これでよいのだ）

と自らに言い聞かせた。

「小太郎どの、異変はござらぬか」

不意に磐音の声がして小太郎が振り向くと、

「変わりはございませぬ」

と落ち着いた声で応じていた。

「それがしが見張りを務めよう。異変があればすぐに起こす。十分に見張りは務められた。床に入ってお休みなされ」

「はい」

磐音が小太郎に代わり見張りについた。

「明朝まで母上らが姿を見せられず播州丸が船出したら、われらはどういたしますか」

「お二人が安房北条に見えられぬとなれば、こたびの追跡行は失敗にござる。江戸に戻り、改めて方策を考えることになり申そう」

「そうですね。それしか策はございませんね」

妙に安心した小太郎の言葉が戻ってきて、

「お休みなさい」

という声が続いた。

四

一郎太が北条の夜廻りから漁師宿に戻ったのは、四つ（午後十時）の刻限に近かった。どこか安堵《あんど》の表情を浮かべた定廻り同心は、

「お二人が現れた様子はございません。房総往還の木更津口も館山口もあたりましたが、佐江傳三郎とお彩様らしき姿を見た者はおりません」

「来るとしたら、出船まで三、四刻（六〜八時間）が勝負です」

「来ますかねえ」

「もし二人が姿を見せぬときは、この追跡行、しくじりであったということです」

「いかにも」

「木下どのにはお咎めはありませんか」

磐音はそのことを案じた。

「代々のお出入りの屋敷を失ったということです。木下家の実入りが減りますな」

と応じた一郎太が、

「一方、設楽家は廃絶になる。となれば小太郎様をはじめ、大勢が路頭に迷うことになり、事は重大ですね」

一郎太の目が、眠りに就いている小太郎にいった。二人に背を向けた小太郎は、一郎太の帰った気配に目を覚ましている様子だった。

「そのときはそのときのことです。皆でなんとか考えねばなりませぬな」

「そうですね」

二人は最後の夜の見張りについた。

部屋には火鉢に鉄瓶《てつびん》がかかり、湯が沸いていた。

一郎太が自ら茶を淹れて、窓辺で外を見張る磐音にも供した。すると寒さを体にまとって部屋に戻った一郎太から微《かす》かな芳香が漂ってきた。

匂《にお》い袋だ。

八丁堀に住まいする北町奉行所与力瀬上菊五郎《せがみきくごろう》の次女菊乃《きくの》から貰ったもので、近頃一郎太が大事に身に付けていた。

三つ年下の菊乃は一郎太の幼馴染《おさななじ》みだ。その菊乃が旗本豊織省太郎《とよおりしょうたろう》のもとへ嫁いだのがおよそ三年前のことだ。それが離縁を強いられたとか、八丁堀の与力屋敷に戻っていた。その菊乃が小者を通して町廻りの一郎太に届けてくれたのが匂い袋だった。

「木下どの、菊乃どのとは未だ顔を合わせておられぬのですか」

じれったいほど純情な友のことを気遣って磐音が訊いた。すると一郎太が、

「こたびの御用に出立する数日前、瀬上家の門前で外出《そとで》をする菊乃どのと偶然会って挨拶をし、御礼を言いました」

礼とは匂い袋の一件だろう。

「話をされたのですね」

はい、と一郎太が陽《ひ》に焼けた顔に笑みを浮かべて答えた。

「菊乃どのは外出を中断して、それがしを屋敷に招じ入れようとなさいました」

「まさか断ったのではないでしょうね」

「瀬上様が不在の折り、二度ほど遠慮を申しましたが、菊乃どのに従う老女のよしどのもわが小者の東吉《とうきち》も是非にと勧めるものですから、東吉を先に屋敷に戻し、庭に通って縁側で菊乃どのとしばらく時を過ごしました」

よかった、と磐音がほっとした声を洩らした。

「はあ、よかったのでしょうか」

「大きな一歩が踏み出されたのです」

「そう思われますか」

「間違いござらぬ」

磐音の力強い言葉に首肯した一郎太が、

「ああ、そうだ。それがしが尚武館の若夫婦の話ばかりするものですから、菊乃どのが、今度尚武館に私を伴ってくださいませ、お二方とお会いしとうございます、と言うておりました。お連れして迷惑ではありませんか」

磐音は一郎太と話しながらもちらちらと播州丸を見張っていた。だが、道行の男女が姿を見せる気配はなかった。

「なんの迷惑がありましょう。それにしても、久しぶりに会うた菊乃どのにわれらの話をなさるより、ご自分の心境などお伝えすればよかったものを、なんとも恐縮です」

「それがしにとって、佐々木さんとおこんさんは大事なお方ですからね」

「なにはともあれ次に会う機会を約定なされたのは上出来です」

「そうでしょうか」

「そうですとも。菊乃どののご様子はどうでした」

「それがしと一緒にいるとほっとするそうな。旗本の屋敷は気詰まりだった様子です。菊乃どのは口にしませんでしたが、子を生《な》さなかったのも離縁の因《もと》の一つだと思います」

案じていたより一郎太の想いが菊乃に通じていることに磐音は安心した。

「八丁堀は与力同心の身分の違いこそあれ、俗に言う同じ釜《かま》の飯を食い合う仲、旗本や大名家のような厳《いか》めしい付き合い、仕来りはありませんからね」

磐音は思いがけない問いを口にしていた。

「木下どの、もし菊乃どのが一緒に逃げてと懇願なさったら、同心の職を捨てて八丁堀を離れることができますか」

幸せそうな顔で茶を喫しようした一郎太が、うっ、と息を詰まらせ、しばし考えた後、

「事情次第です」

「事情次第、ですか」

「いけませんか」

「いえ、それでよいのでは」

「菊乃どのもそれがしも臆病《おくびょう》な人間です。手に手を取って八丁堀を捨てる勇気があるかどうか」

と答えた一郎太が見張りの交代を申し出た。

「佐々木さん、佐江傳三郎とお彩様はもう参られないのでは。あるいは……」

「あるいは、なんと」

「いえ、ふと妙な考えが頭をよぎったのです。打ち捨ててください」

磐音が首肯し、最後の夜がゆるゆると更《ふ》けていこうとしていた。

漁師宿の階下で播州丸の船頭壱助と水夫らが起きた気配があって、ざわざわと

した物音が聞こえてきた。そして戸が開く音がして壱助が姿を見せ、二階の格子窓を見上げて会釈した。

別れの挨拶だろう。くるりと回した背が足早に播州丸に向かった。

「われらも見送りに参りますか」

一郎太が言った。

磐音がちらりと小太郎の寝息を窺い、

「小太郎どのは宜しいでしょう」

「そうですね。お彩様方が姿を見せられないのですから、小太郎様をわざわざ起こすこともありますまい」

二人は言い合うと、そっと二階の部屋を出て、階段の軋みを気にしながら階下に下りた。土間には一人何役もこなす男衆の太吉《たきち》がいた。

「われら、播州丸を見送ったら江戸に戻る。勘定をしておいてくれぬか」

一郎太が言い、磐音と二人で表に出た。

まだ夜は明けきっていなかったが、朝の気配は空にも海にも感じられた。

播州丸が出帆の仕度を終える時分には、日の出を迎えよう。

「壱助どの、船旅日和《びより》ではござらぬか」

艫櫓で水夫らに何事か命じていた壱助が、

「見送りとは恐縮ですな。いかにも船日和だが、風の吹き具合がちょいと足りないようだ」

と応じて、

「とうとう待ち人来たらずですか」

「どうやらそのようじゃ。なんにしてもお二人の多幸を祈るしかござらぬ。われら、この足で江戸を目指します」

「ご苦労でした」

と頭を下げた船頭が舫い綱を解き、櫓の用意を水夫らに命じた。

そのとき、壱助が磐音を見て、

「小太郎様はお休みですかえ。宜しく伝えてくだせえ」

と潮で鍛えた胴間声《どうまごえ》で言った。

「伝えよう」

と答えながら磐音は、小太郎の名をはっとして聞いた人物がいるような気がした。一郎太が漁師宿を振り向き、

「おや、小太郎様も起きてこられましたよ。播州丸の見送りに出てこられたよう

ですね」

小太郎は磐音と一郎太の傍らに歩み寄り、長い櫓が船上から下ろされて今しも安房北条の地を離れようとする播州丸を見詰めた。

わずかずつ船と陸地が開いていった。

櫓が下ろされた。櫓で湊の外まで出て帆が張られれば、浦賀瀬戸を突っ切り、一路相模小田原城下を目指す船旅が始まる。

そのとき、

「小太郎！」

という叫び声が船上の一角から上がった。隠れ潜んでいた船倉からよろよろとお彩が姿を見せたのだ。

「母上！」

「お彩様！」

小太郎と一郎太が同時に叫んでいた。

二つの驚きの声に込められた意味が違うことに、磐音は気付いていた。

一郎太のそれは、予想もかけない出現への驚きの声だ。そして、小太郎のそれは、お彩がすでに播州丸に隠れ潜んでいたことを承知した声音だった。それに驚

きがあるとしたら、

（なぜこの期《ご》に及んで姿を見せたか）

という怒りを含んだ驚きの声だった。

「だれに断って播州丸に乗り込んだか！」

と艫櫓で壱助が胴間声を張り上げた。その声に誘い出されるように、今一人船上に姿を見せた者がいた。

佐江傳三郎だ。

「なんということ」

小太郎の口からこの言葉が洩れた。

「佐々木若先生よ、船を陸地に戻すか、このまま沖合いに走らせるか、おれに教えてくんな」

船頭の問いに答えたのはお彩だ。

「船頭どの、無断でそなたの船に潜んだことをお詫《わ》びいたします。船を陸地に戻してくだされ」

「母上！」

小太郎が絶叫した。その悲痛な叫びには、相反する複雑な想いが込められていた。

壱助が磬音を見た。

磬音は静かに首肯した。

播州丸の櫓が止まり、今度は、一旦離れた安房北条湊の船着場へと寄せ戻されていった。

磬音は小太郎を見ていた。

十三歳の少年は激しい葛藤《かっとう》の後、覚悟を決めたか、刀の鞘に手をやった。

「設楽小太郎どの、宜しいか」

「佐々木磬音様、ご助勢願います」

「相分かった」

二人は短く言い交わした。

播州丸の船縁が石積みの船着場に接舷し、船板が下ろされた。するとお彩がすたすたと船板を渡って、わが子が待つ湊に降り立った。そして、その後を佐江傳三郎が従ってきた。

「母上、なぜ船に隠れ潜んでおられなかったのです」

小太郎が咎めるように問いかけた。

「そなた、母が船に潜んでいるのを承知でしたか」

小太郎が頷いた。

「そなた、母を許すと申されるのですか」

「勘違いめさるな、母上。それがし、確かにお二人が夜陰に乗じて忍び込まれる姿を夢に見ました。ですが、夢ではなかった。こうして小太郎の前に現《うつ》し身《み》を晒された以上、設楽家の嫡男にはやるべき務めがございます」

「よう申された」

小太郎が佐江傳三郎を見た。

「佐江傳三郎、仔細を知らぬ小太郎ではござらぬ。されど武家には武家の作法、仕来りがござる。主殺しは大罪、嫡男として見逃しにはできぬ。設楽小太郎、父設楽貞兼の仇を討つ」

小太郎の幼いながら凜然《りんぜん》とした宣告に、佐江が静かに頷いた。

「武家の道理を生きるべく道を選ばれた小太郎様に敬服いたします。されど、それがし、お彩様の余生を思うて屋敷を逐電したときから、どのようなことがあろうと少しでも長く生き抜いていただこうと心に決め申した。設楽小太郎様、それがし、振りかかる火の粉を振り払うて生き抜く所存にござる」

安房一心流剣術と棒術の達人佐江傳三郎が、幼馴染みのお彩を守って戦うことを宣言した。

すでに湊には朝が到来して、騒ぎに気付いた人々が集まってきていた。

まず小太郎が刃渡り一尺七寸余の剣を抜いた。

「佐江傳三郎どの、設楽彩様に申し上げる。それがし、江戸神保小路直心影流尚武館佐々木道場の佐々木磐音にござる。いささかの縁ありて設楽小太郎どのに助勢つかまつる」

「相手に取って不足なし」

佐江傳三郎が黒鞘から身幅の厚い豪剣を静かに抜いた。

一郎太は、佐江の剣が磐音に差し向けられたのを見て、小太郎の背後に回り、後見した。

「小太郎、母を許してたもれ」

逃亡の暮らしの日々にやつれ、髪も乱れたお彩が、道中着の襟《えり》から懐剣を抜いた。

どどっ

と足音が湊一帯に響き、

「なんの騒ぎか。斬り合いなど許さぬ！」

と叫びながら、北条藩水野壱岐守《いきのかみ》の家臣、陣屋侍らが駆け付けてきた。

「お待ちあれ」

一郎太は両手を広げて立ちはだかり、

「直参旗本設楽家の当主設楽貞兼様を殺害した佐江傳三郎と、殺害後、共に逃亡した貞兼様内儀彩の二人を、嫡男小太郎どのが武家の作法に則《のっと》り、成敗する場にござる。水野様のご領地を騒がし申し訳ござらぬが、暫時《ざんじ》手出し無用にお願い奉る」

と経緯《いきさつ》を告げた。

「なんと、仇討ちにござったか。見れば嫡男小太郎どのは未だ元服前かと存ずる。本懐を遂げられんことを祈り申す」

北条藩水野家の家臣も、

「仇討ち」

と聞いて手を引き、警護に態勢を切り替えた。

「参る」

小太郎が宣告し、磐音がゆっくりと備前包平《かねひら》二尺七寸（八十二センチ）を抜き放った。

佐江傳三郎は正眼《せいがん》、小太郎も正眼に構えた。そして、その傍らの磐音は包平を左肩付近に立てて構えた。

居眠り剣法では滅多に見せぬ逆八双《ぎゃくはっそう》の構えだった。

小太郎の肩が上下に弾んでいた。

「小太郎どの、身を捨ててこそ浮かぶ瀬もござる」

「はっ」

磐音の忠告に捨て身の覚悟を決めた小太郎に、佐江傳三郎が、

「ご免！」

と発しつつ、滑るような踏み込みで間合いを詰めてきた。

小太郎は師の大胆な踏み込みに対応が遅れた。

磐音がその傍らから佐江の鋭く振り下ろす斬撃《ざんげき》に立ち塞がり、

ちゃりん

と火花を散らして弾《はじ》いた。

お互いその場に踏み止まり、狭い間合いの中で二の太刀《たち》を繰り出した。

磐音の包平は右構えに下り、相手の腹部に翻《ひるがえ》って薙《な》いだ。

佐江傳三郎の必殺の剣は、左肩に付けられて一気に磐音の首筋に落ちていた。互いが目を見合っての半間勝負だった。

「うっ」

佐江の口から呻きが洩れてよろよろと体がよろめいた。腹部に、一瞬早い磐音の二の太刀を受けてのことだ。

「小太郎どの、今じゃ！」

一郎太が叫び、

「佐江傳三郎、覚悟を召され」

と剣の柄《つか》を自らの体に固定させ、身を投げ出すようにぶつかっていった。切っ先がよろめく佐江の胸部を捉《とら》え、大きくよろめいた佐江が必死に踏み止まると、

「設楽小太郎様、お見事にござる」

と呟いた口から血が流れ出て、

ぐらり

と体が傾いた。

小太郎が必死の思いで剣を抜いた。

すると佐江傳三郎が腰から崩れ落ちていった。

悲鳴が上がった。

見物の衆が上げた声だ。

磐音が視線を転じると、お彩が懐剣の切っ先を胸に深々と突き立て、佐江に向かって歩こうとしていた。その視線が小太郎に向かい、

「小太郎、母は本望です」

という言葉を残すと、佐江の体にのしかかるように崩れ落ちていった。

「設楽小太郎どの、見事な仇討ち、北条藩水野家家臣須賀野《すがの》兵衛《ひょうえ》しかと見届けたり」

小太郎は茫然自失《ぼうぜんじしつ》してその声を聞いていた。

浜菊が風に揺れる岡から、浜で女衆に混じって網を繕う母を見ていた小太郎の震える肩を脳裏に浮かべながら、磐音は血振りをくれた包平を鞘に戻した。

第三章　大川の月

一

磐音は利次郎のたっての願いで、久しぶりに稽古の相手をした。構え合ったとき、

（おや、これは）

と異変に気付いた。

訝しさではない、驚きだ。雨の後、竹の子が一夜にして若竹に成長したと譬《たと》えればよいか。なにかが利次郎の中で変わっていた。

竹刀を動かし誘《いざな》った。

誘いと分かっていて利次郎は、

すいっと自然な動きで踏み出し、竹刀を振るった。

磐音は利次郎の攻めを受けながら、

「気構え」

が違ったのだと、わずか数日、留守をした間の変化を理解した。

四《し》半刻《はんとき》（三十分）、二人の稽古は続き、磐音は利次郎の息の弾み具合を見て竹刀を引き、

「これまで」

と宣告した。すると利次郎も潔く磐音の動きに合わせて、

「ご指導、有難うございました」

互いに一礼し合った後、磐音が問うた。

「利次郎どの、なんぞ嬉しきことでもござったか」

「若先生、嬉しいことなどございませんが」

と前置きして、利次郎は父の申し出を告げた。

「それは吉報じゃ。旅をする、得難い経験がそなたを成長させよう。まして重富家の祖先の地、土佐高知をそなたの目で見ることができるのじゃ。加えて、父御

にお供する機会など、生涯にそうあるものではござらぬ。ぜひとも旅を楽しみ、父御と一言でも多く語り合うてきなされ」

「父上と話ですか。それを考えると気鬱《きうつ》です」

利次郎がなぜかちらりと見所《けんぞ》を振り向き、視線を磐音に戻すと、今一度、

「お稽古有難うございました」

と腹の底からの声で繰り返した。

「利次郎どの、よいよい」

「よいよい、とはなんでございますか」

「この数日でそなたの剣は一皮剝けた。そう申せば、以前の利次郎どのなら有頂天になり、ために力が入りすぎて元の木阿弥《もくあみ》であったが、もはやその愚は繰り返されるまい」

利次郎が息を呑んで磐音を見詰め、言葉を考えているのか、しばし沈黙した後、

「もしそうだとするならば、大先生に稽古をつけてもろうたことが自信になったのかもしれません」

と慎重にも答えた。

「養父《ちち》と稽古をなされたか。それはよかった」

「若先生、私はこのまま尚武館で修行を続けたい気持ちと父との旅の間で揺れ動いております」

正直な利次郎の悩みに磐音は頷くと、

「尚武館はどこにも参らぬ。利次郎どのが土佐の旅から戻ってこられても、尚武館の門はそなたのために大きく開かれておる」

「そうですよね」

にっこり微笑《ほほえ》んだ利次郎が深々と一礼した。

磐音らは安房北条にさらに一日滞在した。騒ぎの後始末のためだ。

そして翌日、設楽小太郎を伴った磐音と一郎太は、北条湊から木更津に向かう北条藩の御用船に同乗させてもらい、さらに木更津から江戸日本橋の木更津河岸《がし》に向かう乗合船に乗り継いで、昨夕江戸に戻ってきていた。

磐音らはその足で表猿楽町《おもてさるがくちょう》の速水邸を訪ね、北条藩の陣屋家老内沼季高《うちぬますえたか》が記した、

「仇討《あだうち》検分認状」

を差し出し、一切の顚末《てんまつ》を報告した。すると上様側近の速水左近が、

「設楽小太郎どの、祝着至極、これで設楽家も安泰にござろう」

と直参旗本設楽家の家督相続を示唆《しさ》する言葉を洩らした。

その言葉を複雑な表情で受け止めた小太郎が平伏して、

「速水様、偏《ひとえ》に佐々木磐音様、木下一郎太どののご助勢あればこそ為《な》し得た仇討ちにございます」

と受けた。

「顔を上げられよ」

「はい」

小太郎が、緊張と疲労が滲《にじ》んだ顔を上げて速水を正視した。

「そなたの苦衷、速水左近お察し申す。さぞ辛《つら》かったであろう。これも武士の習い、直参旗本の当主となるそなたが乗り越えねばならぬ壁にござった。母御と師の死、情において忍びなきことなれど、武士の一分《いちぶん》は二人の犠牲を求めておった。ようも乗り越えられた。速水左近感服つかまつった。このこと、折りをみて上様にお知らせ申す」

「はっ」

と小太郎が再び平伏した。

磐音が尚武館に戻ったのは四つ（午後十時）過ぎのことであった。

まず母屋の玲圓に仔細を報告し、離れ屋に戻ったのは、すでに九つ（夜十二時）近い刻限であった。ために重富利次郎の近況の変化を磐音は知らなかったのだ。

この朝、稽古を最後につけたのは井筒遼次郎《いづつりようじろう》であった。直向《ひたむ》きに正面から押してくる遼次郎は、磐音に何度も跳ね返され、床に転がされても起き上がり、

「もう一本」

と稽古を願った。

頃合い、磐音のほうから竹刀を引き、

「遼次郎どの、今日はこれまでにしようか」

といずれは坂崎《さかざき》家の後継となる遼次郎に話しかけた。

「お相手有難うございました」

息も絶え絶えに答える遼次郎に、

「また一段の進歩を遂げられたな。遅々とした歩みと苛立《いらだ》つようなことがあってはなりませんぞ。剣の神様はそなたの努力をしかと見ておられます」

「はっ、はい」

遼次郎が少年のように初々しく顔を紅潮させて返事をした。

その後、井戸端で磐音が若い門弟らと汗を流していると、母屋から小走りに出てきた早苗が、

はっ

として顔を伏せた。門弟らが肌脱ぎになって、稽古で流した汗を拭っていたからだ。

「早苗どの、なにか用かな」

「大先生が、若先生と重富利次郎様をお呼びです」

「お客人か、早苗どの」

「はい」

「ならば、離れにて着替えをして参りますとお伝えしてくれ」

磐音は早苗を去らせると利次郎に、

「先に行っておられよ」

と命じて離れ屋に戻った。するとおこんが心得て時服《じふく》を仕度し、待ち受けていた。

「おこん、それがしが存じ上げぬお客人か」

「お行きになれば分かります」

おこんはそう答え、訪問客がだれか教えてくれなかった。

磐音は脇差を手に取ると離れ屋から母屋に向かった。すると玲圓の居間から、

「いや、倅《せがれ》の稽古を久しぶりに見ましたが驚きました」

という声がした。

その言葉と声音で、客人が利次郎の実父重富百太郎《ひゃくたろう》だと磐音は推測したのだ。

重富家は、土佐山内家二十万石の江戸藩邸近習《きんじゅ》目付として三百七十石を頂戴する家系だ。その重富家の次男坊が利次郎であった。

「養父上、ただ今参りました」

廊下に座して挨拶する磐音に、見所にいた武士が視線を巡らしてきて、

「若先生、愚息利次郎がお世話になっております。利次郎の父、百太郎にござる」

と礼をなした。

「佐々木磐音にございます」

磐音は会釈を返した。

「磐音、利次郎どのが世話になっておると丁重な挨拶を受けたところじゃ。利次

郎のことはわしよりそなたがとくと承知じゃ。父御の危惧《きぐ》を払拭《ふっしょく》してくれぬか」

「重富様にはなんぞ危惧がございますので」

　磐音が百太郎に視線を向けた。

「ござった」

　と百太郎が短く返答した。

「尚武館道場に入るまでは、利次郎の剣術、精々部屋住み者の時間潰《つぶ》しくらいにしか思わなんだ。それがし、不明を恥じており申す。若先生に稽古をつけてもらう利次郎を見て、これがわが子かと正直目を疑いました。ようもここまで鍛え上げていただきました。重富百太郎、佐々木玲圓先生と磐音先生に、このとおり厚くお礼を申し上げます」

　と百太郎が頭を下げた。

　驚いたのは、その傍らに緊張の表情で控えていた利次郎だ。慌てて父に倣《なら》った。

「どうか頭をお上げくだされ。それでは話もできませぬ」

　玲圓が百太郎と利次郎父子に言い、ようやく父子が平伏を解いた。

「太っておった利次郎が近頃痩せてきたようで、年齢ゆえかような変化もあるかと眺めておりました。まさか猛稽古のお蔭で引き締まった体に鍛え上げられていたとは、努々《ゆめゆめ》思い至りませんでした。父親とはなんと愚かなものでございましょうかな」

「近しい間柄ゆえ却《かえ》って見えぬこともございます。こたび、百太郎どのの土佐帰国に利次郎どのが供をするとのこと、よい経験になりましょう。旅も武芸修行の内にございます」

「道中、厄介者《やっかいもの》を一人連れていくと思うておりましたが、心強いかぎりです」

百太郎は終始満足げであった。

「土佐は武芸も盛んな地ゆえ、利次郎どのにとって励みにも弾みにもなりましょう」

磐音の言葉に玲圓が、

「お国許入りなさるお二方にお節介とは思うたが、麻田《あさだ》勘次《かんじ》忠好《ただよし》どのに、利次郎どのの添え状を書いておいた。迷惑でなければお持ちくだされ」

玲圓が用意した添え状を出した。

「大先生」

と感極まった利次郎が両手で押し戴いた。

「玲圓どの、麻田先生をご存じですか」

百太郎の顔に驚きがあった。

「それがしが未だ十七、八の青二才の折りのこと。江戸勤番であった麻田どのが佐々木道場にお通いなされ、稽古をされた時期がございます。父が未だ意気盛んで、力と技が旺盛《おうせい》な頃のことです」

「そのようなことがございましたので。麻田様はそれがしの上役にして、剣術の師でもございます」

百太郎が昔を思い出したか、顔が懐かしさに輝いた。

「ゆえに添え状とは申せ、それがしの無沙汰《ぶさた》を詫びる書状でもございます」

「いやいや驚き入った次第かな」

と百太郎は未だ驚きから覚めやらぬ様子だ。

「利次郎、土佐の剣は初代の山内一豊様の代から無外《むがい》流、真心影《しんしんかげ》流、一刀流、大《おお》石《いし》流と四派が競って参ったのじゃ。近頃の土佐城下では麻田道場が勢い盛んと聞いておる。その当代が若き日にこの尚武館で修行をなされたとは、奇遇ではないか」

「大先生、土佐行きの不安がこれで霧散いたしました。麻田先生のご指導を仰ぐのが楽しみです」

利次郎の言葉に玲圓と磐音が大きく頷いた。

百太郎は尚武館名物の朝粥《あさがゆ》を食し、大いに満足した体《てい》で道場を後にした。見送りに門前まで出た利次郎が玲圓の居間に戻ってきて礼を述べると、

「父があれほど人前で話されるとは、それがし初めて見ました」

と驚きの顔で告げた。

「よい父御ではないか。旅に出たら、虚心に父上の言葉に耳を傾けよ。それがしのように、父が亡くなった後、あのときの言葉は、稽古は、こういう意味があったのかと気付くようでは取り返しがつかぬ。後悔しても後悔し足りぬわ」

磐音は玲圓の言葉に驚いた。

「養父上、先代にそのような想いを抱いておられるのですか」

「磐音、利次郎、それがしにも若い日があった。放埒三昧《ほうらつざんまい》にして、母を泣かせ、父を怒らせたことばかりじゃ。今頃泉下で、玲圓め、弟子の前でしたり顔で賢《さか》しらなことを並べておるわ、と苦笑いされておられよう」

と砕けた調子で言ったが、そこに微かな自嘲《じちょう》が感じられた。

磐音が初めて接する養父の一面であった。

「それがしはこれで」

どこか安堵の表情の利次郎が二人の前を去った後、磐音は上総から安房行きの顚末を玲圓に報告した。

「十三の小太郎どのは重い荷を背負われたな」

「養父上、それがしと木下どのの判断、よかったのでしょうか」

「そなたらは、厳しくもただ一つの答えを選んで始末をつけた。同時にそなたら三人の胸中を過《よぎ》った迷いも推測つく。辛い選択であったが、設楽家のことを思えばこれしか方策はなかったのじゃ」

「はい」

磐音の胸中に漂うもやもやが、玲圓の言葉で幾分薄らいだようだった。

廊下に足音がして障子の陰に止まり、座した気配の後、

「大先生、お願い事がございまして参上いたしました」

という田丸輝信の声がした。

「入れ」

姿を見せたのは田丸と霧子だ。

「珍しい取り合わせで願い事とはなにか」

「はっ、でぶ軍鶏、いえ、重富利次郎の送別の宴《うたげ》を催したく、その一件で相談に

参りました」

「ほう、別離の宴とな。よいではないか」

あっさりと玲圓が許しを与えた。

「はっ」

と返答した田丸だが、そこからなかなか話を先に進めようとはしなかった。玲圓を前に言い淀んでいる風情《ふぜい》があった。そこで磐音が助け船を出した。

「霧子、そなたも承知のようじゃ。田丸どのに代わって話してみよ」

田丸を見て、よいかと霧子が無言で許しを得た。

「霧子、頼む」

頷いた霧子が考えを手短に述べた。

「なんじゃ、そのようなことか」

「お許しいただけますか」

「許す」

田丸ががばっと平伏し、霧子が玲圓に会釈を返すと、田丸に倣ってゆっくりと頭を下げた。

磐音は離れ屋に戻ると午睡を取った。

上総から安房の旅の最中、十分に睡眠を取っていなかったのだ。そのことが顔色に出ていたと見えて、おこんが、

「少し横になってください。病に倒れるようなことがあれば、母屋に申し訳が立ちません」

と強引に床を敷いて寝かし付けたのだ。

一刻半《いっときはん》（三時間）ほど熟睡した磐音が目覚めたとき、秋の日暮れが江戸市中を覆い始めていた。

おこんは母屋の台所で夕餉の仕度をしているのか、台所からその気配が伝わってきた。磐音が起きた様子におこんも気付き、離れ屋に戻ってきた。

「よう眠った。爽快《そうかい》な気持ちと、このような惰眠を貪《むさぼ》ってよかったのかと責める気持ちが折り合いを付けられずにおる」

「鼾をおかきになり、よう熟睡なさっておられました。それだけの眠りを体が欲していたのです。爽快な寝起きなら、そのお気持ちこそ大事です」

「そうか」

「そうです」

と重ねて磐音の午睡を認めたおこんが、

「十三というお歳《とし》で母の死を眼前になされた設楽小太郎様の心中、いかばかりでございましょう」

と玲圓から安房北条湊の仇討《あだう》ちの結末を聞いたか、しんみりと洩らした。

「それだけに、磐音様と木下様の心遣いはいかばかりであったかと、眠っておいでのわが亭主どのの寝顔をしばらく見ておりました」

「なにっ、そなた、それがしが寝ているところに近付いたか。なんという不覚」

「こんは敵ではございません。心を許し合うた仲ゆえ眠り続けておられたのです」

「木下どのも八丁堀で昼寝をなされたかな」

磐音は共に旅をした友の身を案じた。そして、一郎太が話してくれた瀬上菊乃のことをおこんに告げて、

「菊乃どのは尚武館に案内《あない》してくれと願われたそうな」

「まあ」

と目を煌《きら》めかせたおこんが、

「菊乃様にとって尚武館は口実にございますよ。どちらでもよいのです、木下様

と二人だけになることができるのであれば」

磐音は予想もしなかったおこんの答えに、

「そのこと、木下どのは分かっておられようか」

「分かってはおられますまい。そこが木下様のよいところです」

「尚武館で木下どのと菊乃どののお二人が剣術の稽古見物か」

「見物《みもの》にございますね」

とおこんが嫣然《えんぜん》と笑った。

二

翌日、磐音とおこんは重富利次郎を伴い、神保小路を柳原土手《やなぎわらどて》に下った。

朝稽古が終わった昼前のことだ。

初めて長旅をする利次郎に、旅仕度をと考えてのことだ。おこんが言い出したとき、磐音は、

「重富の母御が用意なさるのではないか。それをうちがやったのでは、差し出がましかろう」

とおこんに言った。すると傍らから利次郎が、

「母上は江戸を出たことはおろか、鍛冶橋《かじばし》の屋敷の外へ出られることも滅多にありません。ために、格別旅仕度がいるなどお考えになったこともなかろうかと思います」

と苦笑いした。

どうやらおこんと利次郎の間には下相談が済んでいるらしいことに磐音は気付いた。

「重富家が大らかな家風ならば、うちで用意いたそうか」

と三人で尚武館を出たのだ。

「若先生、旅仕度と言われますが、なにが入り用なのです」

「道中は身軽に越したことはないが、要る物は要る。まず関所手形がなければ、箱根の関所は通れまい」

「いくらのんびり屋の父でも、それは藩に掛け合って出していただけましょう」

「次に路銀じゃが、父御とご一緒ゆえ、こちらは要るまい」

「買い食いなど金輪際《こんりんざい》できそうにありませんね」

利次郎がうんざりした顔をした。

「秋とは申せ、陽射しはまだ強いゆえ、まず笠《かさ》がいる。さらには道中羽織に手甲《てっこう》脚絆《きゃはん》、足元は武者草鞋《むしゃわらじ》でしっかり固めたほうがよかろう。矢立ては父御が持っていかれようから、それをお借りすればよい」

「文を書くことなどございません」

「後は小ぶりの柳行李《やなぎごうり》に着換え一式、常用する薬があれば早めにお医師どのに出してもらえばよいが、利次郎どのにはその要もあるまい」

「お蔭さまで、子供時分から医者知らずの薬嫌いです」

「扇子《せんす》、糸針、懐中鏡、櫛《くし》に鬢《びん》付け油、蠟燭《ろうそく》、提灯、火打道具、麻綱などは、父上に従われる小者と相談するとよい。ただし、手拭いは新しきものを数本用意なされよ。旅で出会うた人や景色を記録する日誌は持参するがよろしかろう」

「なんだか、道中に出る前に疲れました」

三人は筋違橋《すじかいばし》御門、通称八辻原《やつじがはら》に下りてきていた。

「磐音様、まず道中羽織と穿《は》きやすい袴《はかま》を誂《あつら》えましょうか」

「呉服屋と言いたいが、柳原土手に都合よきものがあれば、そのほうが肌に馴染み易かろう。利次郎どの、古着でもよいか」

「次男坊のそれがし、物心ついたときからお下がりか古着ばかりです。そちらのほうの馴染みがございます」

「ならば柳原土手で探して、適当なものがなければ富沢町《とみざわちょう》へ参ろうか」

柳原土手も富沢町も古着商売が多く集まるところだ。ただし柳原土手は露天商、富沢町は呉服屋に匹敵する売上を誇る大店《おおだな》から小店《こだな》まで、何百もの古着商が軒を連ねていた。

「おこんさん、佐々木の若先生と今津屋に戻るとこかい」

と顔馴染みの古着屋から声がかかった。

「本日はこちらに用事がございまして、わが君と罷《まか》り越しました」

「なんだえ、神保小路に嫁に行ったからって、えらくご丁寧じゃねえか。おこんさんらしくないぜ」

「そうよね」

すぐさま町人言葉に変えたおこんが事情を話した。

「侍の旅仕度かえ、新シ橋詰の源公《げんこう》に聞いてみな。手持ちがなきゃあ、仲間に声をかけて集めるぜ」

「源公どのですね」

「源公にどのは無用だよ。ただの源公」

源公は、武家が着用する馬乗り袴や野袴、道中羽織から手甲脚絆、刀の柄袋《つかぶくろ》、塗笠《ぬりがさ》、陣笠、一文字笠、足袋《たび》、油紙でできた雨合羽《あまガッパ》などを取り揃《そろ》えて客を待っていた。

「源公、さん」

おこんの呼びかけに、橋詰から中年の男がひょこっと立ち上がると、

「おこんさん、源公にさん付けはおかしいぜ。おれは古着屋の源公だ、呼び捨てで構わねえよ」

おこんを承知か、源公が言った。

「本名はなんなの」

「さあて、源次か、源吉か、源助だったか。ともかく源公なんだよ」

「ならば源公、この利次郎さんに似合う旅仕度を一式揃えてくれませんか」

「佐々木若先生の弟か」

「門弟衆のお一人よ。近々、国許の土佐に父上のお供で道中をなさるの」

「ふうん」

と利次郎の体付きを見た源公が、

「頭からいくか。道中で雨に降られたとき、渋《しぶ》を重ね塗りした塗笠は役に立つぜ。

日よけにもなるしな」

とまず笠を選び、利次郎に、

「被ってみねえ、門弟さん」

と渡した。

笠など一度も被ったことがない利次郎が、あちこちに瘤《こぶ》のできた頭に載せ、紐もいい加減に引っ張り締めようとした。

「旅はトウシロだな」

「トウシロとはなんだな」

「素人《しろうと》ってことよ。それ、顎に紐をかけてこうきゅっと結ぶんだよ」

と源公が利次郎を手伝った。さすがは武家専門の古着屋、慣れたものだ。

道中羽織、袴、足袋、手甲脚絆、柄袋と、たちまち利次郎にぴったりの古着が揃った。

「なんだか、この足で東海道に踏み出してもよい気分になりました」

「利次郎どの、そなたはあくまで父上のお供ですぞ、お忘れなく」

と磐音が戒め、

「源公どの、値はいくらか」

と財布を懐から出した。

「そうだな、知らねえお武家なら三分二朱は頂戴するところだが、尚武館の若先生とおこんさんが付き添いだ。三分でどうだい」

「源公、足元を見るんじゃないよ」

いきなりおこんの鉄火な啖呵《たんか》が飛んだ。

「ありゃ、おこんさんが地を出してきたよ。いくらならいいんだ、おこんさんよ」

と源公が揉み手をした。

「二分と言いたいけど、二朱色を付けてあげるわ。それでどう、源公」

「持ってけ、泥棒、じゃねえ、おこんさん。これじゃあ、元値割れでこっちの足が出るよ」

と源公が痩せた脛《すね》を出して見せながらも、承諾した。

「おこん、利が出ぬでは酷ではないか」

「磐音様、足が出る、仕入れ値より安い、は商人の決まり文句なのです。呉服五層倍、薬九層倍、古着十層倍といって、十分に利は得られるのです」

と磐音には丁寧に答えたおこんが、

「のう、源公どの」

「ちえっ、今津屋で商売の裏表を承知のおこんさんが相手とあっちゃ、古着屋の源公もかたなしだぜ」

と言いながら風呂敷《ふろしき》に包み込んで、

「風呂敷はおまけだ。門弟さんよ、旅で風呂敷があるとないとじゃえらい違いだ。便利だから持っていきな」

「ほう、風呂敷がそれほど便利か」

「おお、長雨で旅籠《はたご》に籠らされてよ、暇を持て余し、隣部屋の娘っ子に夜這《よば》いをかけようというときにゃ頰かぶりにも使えるし、盗人に入るときは、頂戴したものを包んで背負《しょ》ってもこれる」

「源公、うちの大事な門弟衆に変な知恵をつけるんじゃないよ」

「また、おこんさんに叱《しか》られた」

ほれ、と源公が利次郎に風呂敷包みを渡し、磐音が、

「おこんを連れて参って気の毒させたな」

と言って二分と二朱を渡した。

「若先生、古着なんてものはね、言い値で買うもんじゃありませんや。客と商人

のやりとりもまあ醍醐味《だいごみ》の一つでしてね、これがねえと商いにも張りが出ませんので」

「ほう、そのようなものか」

「おこんさん、おまえさんの亭主は長屋住まいだったというが、なんだか屋敷育ちみてえに鷹揚《おうよう》だね。おこんさんがしっかり者で亭主が鷹揚ときた。さんまに大根おろし、紅葉《もみじ》に鹿、お似合いの夫婦だぜ」

なんだか奇妙な譬えで褒《ほ》められて買物は一気に片がついた。

「重くはないか」

磐音が利次郎に訊くと、

「若先生、おこん様、有難うございました」

と礼を述べた利次郎が、

「かい、かさは張りますが重くはありません」

と両手で抱えた。

「利次郎どの、そなた、宮戸川で鰻を食したいそうだな。両国橋を渡ってみようか」

「えっ、旅仕度のうえに、宮戸川の鰻を馳走していただけるのですか。霧子から聞くたびに何度生唾《なまつば》を呑み込んだことか。あいつだけ、若先生の供で食していますからね。それがよほど嬉しかったのか、何度もそれがしに話して羨《うらや》ましがらせるのです」

と張り切った利次郎が、柳原土手の人込みを搔き分けて二人の先頭に立った。

そのとき、柳原土手の人込みがさあっと分かれて、悲鳴が上がった。

「ひえっ、掏摸《すり》だす。たれか、その男ら、捕まえてくれはらしませんか！」

上方訛りの男が叫ぶと同時に、その傍らから二人ばかり俊敏そうな男が飛び出して磐音らが立つ方向に走ってきた。

利次郎が、抱えていた風呂敷包みをその一人の前にひょいと投げて視界を塞いだ。そうしておいて、もう一人の男の足を払ってその場に転がした。

なかなかの早技で機転が利いた動きだった。

風呂敷包みを思わず抱えた男が、

「邪魔しやがると突き殺すぜ」

と風呂敷包みを利次郎に投げ返して、襟元に片手を突っ込むと、匕首《あいくち》を抜いた。

利次郎は戻ってきた風呂敷包みでわが身を庇《かば》うような構えで右に左に動かして、

「やめておけ」

と落ち着いた声音で制した。

「どさんぴん、刀なんぞ抜いたことはあるめえ。こいつを喰《く》らえ」

と匕首を突き出すところを、風呂敷包みで匕首を躱しながら、利次郎は間合いを計っている。

一方磐音は、地べたに転んだ男が痛みを堪《こら》えて立ち上がり、仲間に加勢しようとするのを、

「そのほうの相手はそれがしがいたそうか」

と長閑《のどか》な声で言った。

「てめえは連れか」

この男も懐に匕首を呑んでおり、抜き身を翳《かざ》した。

磐音が手にしたのは、袴の前に差した白扇だ。

「野郎、嘗《な》めくさったな」

腰だめにした匕首と一緒に、丸い体が磐音に向かって突進してきた。その手と額を白扇が、
ぽんぽん
と調子よく打ち据えると、男が尻餅《しりもち》をつくように転がった。

風呂敷包みを楯《たて》に匕首を躱していた利次郎が、再び、

「ほうれ」

と風呂敷包みを男の顔目がけて投げつけた。思わず男が匕首で風呂敷包みを払った。その瞬間、利次郎が尚武館仕込みの俊敏苛烈《かれつ》な動きを見せた。

すいっ

と間合いを詰めた利次郎が相手の伸び切った腕を摑むと、匕首を持った手を殺して身を捻《ひね》り、腰車にして地面に叩き付けた。

「わあっ！」

見物の衆から歓声が沸いた。

「さすがは尚武館の若先生と門弟衆だ。掏摸なんぞが敵う筈もねえよ」

「おこんさんの亭主たあ、あの侍かえ。なかなかの貫禄と言いたいが、どこかぼおっとしてねえか」

「ぼおっとしてるんじゃねえや。育ちがいいんで、万事が鷹揚なんだよ」

職人が言葉を交わすところに、どこぞの隠居が加わった。

「あのお方、春先の縁側で年寄り猫が居眠りしているようにのんびりしておられましょ。それに騙《だま》されると、ほれ、あのようにえらい目に遭《あ》う。尚武館の若先生

の剣術を称して、これ、居眠り剣法という」

「ほう、居眠り剣法かえ」

磐音と利次郎の足元に二人が倒れ込んでいた。そこへ、最前上方訛りで叫んだ男が駆け付けてきて、

「お手柄だす。こいつら、ほれ、あのご隠居の財布を掏《す》りやがったんで」

とおろおろする大店の隠居然とした年寄りを指した。

「ご老人、懐中物を掏られたは真《まこと》か」

磐音が尋ねると、

「為替《かわせ》で送る金子五十両を入れた財布がございません」

と真っ青な顔で訴えた。

「この者たちに掏られたか」

「何人かが囲むようにして、気が付いたときには懐から財布が消えておりました。一瞬のことで、このお方が私に代わって叫んでくれなければ、えらいことになっておりました」

と年寄りが説明するところに、定廻り同心と御用聞きが駆け付けてきた。

「尚武館の若先生にございますな。それがし、北町の定廻り同心讃岐田五郎次《さぬきだごろうじ》に

ございます」

「ちょうどようござった。そなた方の手にお渡ししよう」

と磐音が足元の二人を見た。

そのとき、磐音が白扇で動きを止めた男が喚《わめ》き出した。

「なんだと、おれたちが掏摸だと、おもしれえや。この場ですっ裸になるから、目ん玉ひん剝いてとくと見やがれ」

と啖呵を切ると、着流しの帯をさっと脱ぎ棄て、きりりと巻いた晒しと猿股《さるまた》一つになった。するともう一人の仲間が、

「あ、いてて」

と腰を擦《さす》りながら立ち上がり、仲間を真似《まね》た。こちらは越中褌《えっちゅうふんどし》一丁で、

「爺《じい》さんよ、どこにおめえの五十両があるというんだ。褌の中にあるのは、金は金でも生身の金だ。拝みてえか」

と啖呵を切った。

御用聞きが最初の男の晒しを解かせた。猿股のどこにも金子があるとは思えなかった。

「さあ、この始末、どうつけてくれる」

と二人の男が居直った。

「やい、さんぴん」

と磐音に猿股の男が向き直った。

「満座の前で裸を曝《さら》してまで身の潔白を証明《あか》してみせたぜ。おれっちは、掏摸だって声に、掏摸を追っかけようとしただけだ。そいつをてめえが邪魔したんだ」

利次郎を猿股が睨んだ。

「そなたらを名指ししたのは上方訛りの男、ああ、そこにおられるお方だ」

と中年の男を利次郎が指した。

「わてはこの爺様の脇《わき》から走り出しよったからに、てっきり掏摸と思いましたんや。間違いなら堪忍だっせ。わてはこれで失礼させてもらいましょ」

と旗色が悪くなったか、男がさっと人込みに消えようとした。

そのとき、磐音の手から白扇が飛び、男の項《うなじ》を強か《したた》打った。そのせいで男は前のめりに転んだ。

「そなたには、今しばらくこの場に残ってもらいたいのでな」

「なんだす、おまえさん、乱暴な」

と項を押さえながら尻餅をついたまま後退《あとじさ》りしようとした。

磐音がゆっくりと歩み寄りながら、

「讃岐田どの、この者の懐、いささかふくれておりませぬか」

と言うと、御用聞きが心得て男に飛びかかり、

「なにしますんや」

と言う男の懐から縞柄《しまがら》の財布を一気に摑み出した。

「ああ、私の財布です。中に店の名と在所を記した書き付けが入っております」

と年寄りが叫ぶのへ、御用聞きが財布を包んだ紐を解くと紙片を取り出して広げ、

「下谷広小路煙草商開門屋《かいもんや》佐助《さすけ》」

と読み上げた。

「うちの屋号です」

それを聞いた上方弁の男の顔色が、さあっと変わった。

「讃岐田どの、こやつら、一味にございます。開門屋のご隠居を囲んで懐の物を掏った仲間が財布を持って逃げると見せかけて、この上方訛りの男に掏った財布を渡していたのでしょう」

「若先生、いや、見事なお調べ、感服つかまつった」

「では、あとはよしなに」

と讃岐田に言い残した磐音が、

「おこん、利次郎どの、待たせたな」

と二人に言いかけてその場を去ろうとすると、

「いよ、日の本一、今小町おこんの亭主どの！」

と見物の中から声が飛んだ。

「あら、おこんの亭主どのではございませんよ。おこんが磐音様の恋女房でございます。お間違いのないように」

とおこんが応じて、また野次馬が、
どおっ
と沸いた。

三

利次郎は宮戸川名物の鰻の蒲焼を二人前ぺろりと食べ、膝《ひざ》を投げ出して腹を突き出し、

「うっぷ」

と満足にげっぷをした。

「これ、利次郎さん、そのようなことを父上の前でなさると叱られますよ」

「おこん様、夢中で食べたら礼儀作法を忘れました」

慌てて姿勢を正すと、

「若先生、おこん様、これで思い残すことなく江戸をあとにできます」

「なんだか今生《こんじょう》の別れのようね」

二階座敷に、鉄五郎《てつごろう》自らが新しく淹れ直した茶を運んできた。昼の刻限を過ぎ、客も大半がいなくなったからだろう。

「親方、焼き立ての鰻は真に美味にござった。それがし、武士を捨てて鰻屋になってもいいと思うたほどです」

「重富様、なにごとも仕事にしますと楽ではございませんし、そうそう鰻が食べられるわけでもございませんや。お客様としてたまさか食するのがようございますよ。お国許から江戸に戻られたとき、父上様といらしてくださいまし」

「父上か、うーむ」

と唸った利次郎が、

「屋敷に籠ってばかりの母上をお連れしたいものです」

　と正直な気持ちを洩らした。

「利次郎さん、それがいいわ」

　おこんがすぐに賛同した。

「旅に出る前から江戸に戻ってきたときの話とは、少しばかり早すぎよう、利次郎どの。土佐のことでも楽しくお考えなされ」

「それがし、江戸屋敷の生まれで、とんと土佐のことを知らぬことに気付かされました。若先生、旅を通して土佐のことを勉強して参ります。それではいけませぬか」

「出立までそう日にちはないゆえ、致し方がなかろう」

　と磐音が洩らし、

「旅は陸路で行かれるか」

「はい。東海道を摂津《せっつ》まで徒歩《かち》で参り、船で淡路島を経由して鳴門《なると》に渡り、そこからは撫養《むや》街道を経て土佐街道へ、遍路道を行くのだと父から聞いております。摂津がどこか、鳴門がどこか、さっぱり見当もつきません」

　諦め顔の利次郎にそう聞いただけで、磐音の脳裏に遍路道を行く白衣の人々の姿が浮かんだ。

「若先生とおこん様は、豊後関前にお戻りの折り、四国を通られたのですね」

「利次郎さん、私たちは藩の御用船に乗せてもらっての船旅でした。病で三日ほど松山に逗留したけど、船の上から島陰に、ああ、ここが四国八十八か所の遍路なのね、と眺めただけです。船旅の間じゅう、船酔いで気分が優れなかったけど、今になったらそれも懐かしい思い出。利次郎さん、旅を大いに楽しんできてください」

「おこん様のご忠告、利次郎決して忘れませぬ」

と言って物思いに耽る磐音に利次郎が声をかけた。

「若先生は四国の巡礼街道を承知ですか」

「それがし、残念ながら知らぬ。いつの日か、『南無《なむ》大師遍照金剛《だいしへんじょうこんごう》』と唱えながら、発心《ほっしん》、修行《しゅぎょう》、菩提《ぼだい》、涅槃《ねはん》の道場を歩き通してみたいものじゃ」

「若先生、なんですか。発心とか、菩提の道場とか」

「人様からの受け売りじゃ。まず最初の阿波《あわ》の二十三か所の霊場巡りを発心の道場と称し、次の土佐十六か所を修行の道場、さらに伊予《いよ》の二十六か所を菩提の道場、最後に讃岐の二十三か所の札所《ふだしょ》を経巡るのを涅槃の道場と呼ぶそうな。利次郎どのは偶然にもこたび、発心から修行の道場を歩くことになる。おこんが言うように旅を楽しめば、必ずやなにかを利次郎どのに授けてくれよう」

利次郎の顔が急に引き締まった。

「私が父の供をなす街道は、そのような修行の場なのですか」

「人それぞれがなにかを求めて『南無大師遍照金剛』を唱えながら、八十八か所三百余里を歩かれるのじゃ。父御は利次郎どのに、発心から修行の道場を経験させたいと考えられたのです。その気持ち、素直にお受けなされ」

「はい」

利次郎は磐音に言われて初めて土佐行きの大切さに気付かされたか、自らの心に言い聞かせるように頷いた。

おこんがその場を立つと勘定を支払いに階下に下りた。

「若先生の話を聞いて、わっしも旅に出たくなりましたぜ。重富様、お父上の気持ちを大事にして精々楽しんできてくだせえ」

「親方、それがし、野辺路に骸《むくろ》を晒すようなことあれば、頭に思い浮かべるのはきっと宮戸川の鰻と思います」

「うーむ」

と鉄五郎親方が唸り、

「お父上が重富様を同道しようとされる気持ちが、よおく分かりました。そなた様が野辺路に倒れられるようなことは、金輪際ございませんや。宮戸川の鰻なんぞはさらりと忘れて、札所をお回りくだせえ」

と忠告した。


磐音の目に石榴《ざくろ》の木が留まった。

石榴の外皮がどれも弾けて、真っ赤な実が秋の陽光を受けてきらきらと光っていた。

ここは、天神鬚《てんじんひげ》の百助《ももすけ》老こと御家人鵜飼《うかい》百助の拝領屋敷だ。砂を入れた貧乏徳利を戸の内側にぶらさげた通用口を跨ぎ、磐音は異変に気付いた。

刀剣の研磨と鑑定の名人、鵜飼百助の工房が森閑として、刃《やいば》を砥石《といし》に滑らせる物音が消え、その代わりにぴりぴりとした殺気が漂っていた。

磐音は後ろから従うおこんと利次郎を制した。

「なんぞございましたか」

利次郎が声を潜めて訊いた。

「研ぎと鑑定が終わった刀が八振り、研ぎが済まぬ刀剣が七振りでございますよ。

「捨て値で売り捌いても、一振り二、三十両は下るまいて。聡次《そうじ》、幾振りある」

渋い声がさらに伝わってきた。

「さすが天神鬚の百助のところには、名剣名刀が研ぎに集まっておるわ」

れぶりが想像された。

片手で振るった様子の刃が空《くう》を鮮やかに両断した気配で、振るった人物の手練《てだ》

刃鳴りが磬音の耳をついた。

磬音は足音を消して工房の出入口に歩み寄った。

磬音に続いて利次郎も鵜飼家の敷地に身を入れ、静かに戸を閉めた。

「お願いします」

した。

はっ、と緊張した利次郎の手からおこんが風呂敷包みを受け取ろうと手を伸ば

「おこん、そなたは門外にて待て。利次郎どのはそれがしに同道せよ」

上がった時分と、宮戸川から回ってきたのだ。

磬音は、養父玲圓から使うてみよと与えられた近江大掾藤原忠広《おうみだいじょうふじわらただひろ》の研ぎが仕

「いつもと様子が違う」

殿様、捨て値で二、三十両なんて代物じゃございませんや。わっしが見てもまず三倍から四倍、この藤原忠広なんぞは百両と下りませんぜ」

「目利き、大丈夫であろうな」

「わっしも長いこと担ぎ商いの古道具屋で、刀の目利きはしてきたつもりですよ。殿様が大坂にお戻りになるときにわっしが持参して上方に売り捌けば、五、六百両は間違いなしだ」

「よし、風呂敷に分けて包め」

三人目の声が訊いた。

「殿、こやつの始末どうします」

「殺せ」

と天神鬚の声が非情にも応じた。

「預かった刀剣を遊ぶ金欲しさの直参旗本に奪われたとあっては、客に申し訳が立たぬ。それがしのほうから願うてやる。ひと思いに殺せ」

「よかろう」

殿と呼ばれた声が受けて、動く気配がした。

磬音は利次郎に頷き返すと、工房の横手口に回るよう手でその場所を教えた。

すると即座に磐音の指図を呑み込んだ利次郎が、気配を消して横手口に向かった。

磐音はしばし時を置き、

「お待ちなされ」

と長閑な声音で呼びかけながら、
するり
と研ぎ場に身を入れた。

百助老は研ぎ場に座したままで、その傍らに抜き身を引っ提げた若い武士が立って動きを牽制《けんせい》し、殿と呼ばれた三十五、六の武家が、やはり預かりものと思える剣を構えて百助に歩み寄ろうとしていた。さらに板の間の端で、古道具屋の聡次が大風呂敷に刀剣を包み込んでいた。

「白昼、大胆にもほどがござる。それがし、悪い冗談かと聞きました」

両眼を閉じて覚悟を決めた百助老が磐音の声に眼を見開いた。

「おや、よいところに」

「研ぎが上がっている頃合いかと、お訪ねいたしました」

百助と磐音の長閑な会話を聞いていた武家がじろりと、

「何奴《なにやつ》か」

と磐音を誰何《すいか》した。

平然としているところを見ると、よほど腕に覚えがあるのだろう。

「佐手《さって》平八郎《へいはちろう》、おまえさんの腕では到底太刀《たち》打《う》ちできぬ。運が悪かったと諦めよ」

「なにっ」

「神保小路直心影流尚武館佐々木道場の後継、佐々木磐音どのよ」

「尚武館の後継じゃと。久しぶりに江戸に戻ってみると、あちらこちらで耳障りなほどその名を聞かされたわ。どれほどの腕か、試してやる」

と佐手平八郎が磐音に向き直りながら、

「辰弥《たつや》、天神鬚を始末しろ」

と家来に命じた。

その声の直後、横手口の戸を一気に押し開き、疾風《はやて》のように飛び込んできた影があった。むろん重富利次郎だ。

利次郎は腰に差していた大刀を鞘ごと抜き、辰弥と呼ばれた家来が物音に振り向くその鳩尾《みぞおち》を鐺《こじり》で突いた。その突きがものの見事に決まって辰弥は、

ずでんどう

と抜き身を持ったまま土間までふっ飛んで転がった。

利次郎は予《あらかじ》め動きを組み立てて侵入したようで、動きを止めることなく身を翻すと、刀を風呂敷に包もうとしていた聡次の喉元を、再び鐺を振るって突き飛ばした。

一瞬の機転の早技に二人とも気を失い、身動き一つしなかった。

「利次郎どの、お見事」

磐音が褒めた。

「大した相手ではございませんでした」

利次郎は天神鬚の百助の身を守るように仁王立ちになって、鞘に入ったままの剣を構えていた。

「さて、いかがなさるな」

磐音が佐手平八郎に問いかけた。

「尚武館の後継なら、相手に不足はないわ。尚武館の虚名、剝がしてくれん」

抜き身をゆっくりと磐音に付けた。

「佐手どの、この場は狭うござる。また鵜飼百助どのの大切な仕事場を血で穢してもなりますまい。外に出ませぬか。存分にお相手つかまつる」

磐音は佐手の反応を見つつ、自ら後退って戸口から外に出た。

「よし」

佐手も研ぎ場から鵜飼家の前庭に出てきた。御家人の拝領屋敷だ、そう広いものではない。だが、青天井ゆえ自在に剣は振るえた。

磐音は佐手平八郎を秋の陽射しの中でまじまじと見た。

直参旗本と百助老が呼んでいたが、陽に焼けた顔とどっしりとした体付きは、確かに剣の研鑽《けんさん》を想起させた。

左手で羽織の紐を解き、脱ぎ捨てた。

自らの大小は腰にあり、客から百助老が預かった二尺三、四寸の刀を下げていた。

「流儀はいかに」

「真天流《しんてん》免許皆伝」

「承《うけたまわ》った」

真天流の祖は小山田多門貞重《おやまだたもんさだしげ》で、入道して道存《どうそん》といった。越前松平忠直《えちぜんまつだいらただなお》に仕えて一万石を頂戴した、戦国時代最後の武芸者の一人だ。

その真天流の修行者という。

生半可な相手ではない。

磐音は備前包平《かねひら》を陽射しの中に解き放った。

その背で、戸の内側にぶら下げた貧乏徳利がかたりと鳴り、我慢しきれなくなったおこんが顔を覗かせた様子があった。

研ぎ場から利次郎と百助老が姿を見せ、戦いに立ち会った。

佐手は他人の剣を右手一本に保持して、ゆっくりと自らの右肩の前に立てた。

磐音は正眼だ。

間合いは五尺あるかないか。

佐手の左手がすうっと保持した剣の柄へと向かい、まただらりと下げられた。

そんな上下の動きがゆっくりと繰り返され、上下する動きが少しずつ早くなった。

磐音は微動だにしない。

「春先の縁側で日向《ひなた》ぼっこをしている年寄り猫」

と評される長閑な構えだ。

ばたばたと慌ただしくも走る草履《ぞうり》の音が、鵜飼屋敷に近付いてきた。

佐手平八郎の左手が柄にかかり、添えられた。

立てられていた剣が寝かせられると鋭い突きが磐音を襲った。

磐音は弾いた。

弾かれることを予測していたように、佐手は磐音の左手に回り込んだ。そして引き戻した剣を脇構えに移して胴を薙いだ。

磐音が弾いた。

さらに迅速な胴斬りを二つ三つと続け、その剣がしなやかに陽光に躍って磐音の肩を襲った。

磐音が踏み込んだのはその瞬間だ。

包平が渓流を泳ぐ鮎《あゆ》の魚体のように刀身を光に煌めかせてくるりと翻ると、柄《つか》頭《がしら》が顎下に突き上げられて佐手平八郎の体を後方へと吹っ飛ばし、石榴の木にがつんとぶつけた。すると熟し切った実が地面に落ちて弾け、真っ赤な実がぱらぱらと毀《こぼ》れて広がった。

「ふうっ」

と天神鬚の百助が息を吐いたとき、戸が開いて、地蔵《じぞう》の竹蔵《たけぞう》親分が蕎麦《そば》打ち棒を翳して飛び込んできた。

「おや、地蔵の親分どのか。さすがに勘が鋭い」

磐音の平静な声が問うた。

「いえね、おこん様の使いが地蔵蕎麦に飛び込んできたんで、なにはともあれ駆け付けたってわけなんでございますよ」

と照れたように蕎麦打ち棒を下ろし、

「考えたら、若先生がいらっしゃるんだ。なにもわっしが慌てることもござんせんでしたね」

と言った。その傍らにおこんが姿を見せて、

「通りがかりの人に、地蔵蕎麦まで走ってと頼んだの」

「おこん、なかなかの機転であった」

と磐音が褒めた。

「鵜飼様、この者を直参旗本と呼ばれていたが、真ですか」

磐音が鵜飼百助に訊いた。

「いかにも直参旗本三百十三石、六年も前から京都所司代久世《くぜ》出雲守広明《いずものかみひろあきら》様番頭《ばんがしら》として辣腕《らつわん》を振るってきた佐手平八郎様じゃが、どうやら祇園《ぎおん》で京の遊びを覚えさせられたか、江戸に戻ったついでに遊興の金子の工面をしようと考えたようじゃ。その昔、うちに刀を研ぎに出したことを思い出したか、白昼みっともない真似をしのけたものじゃ」

「呆《あき》れた御仁じゃな」

「いや、若先生がおいでにならなければ、この天神鬚の百助、今頃、三途《さんず》の川を渡っていたろう」

とほっと安堵の声を上げ、ぽんぽんと首の後ろを掌《てのひら》で叩いた。

「親分、面倒のついでに御目付屋敷まで走り、この一件告げてくれぬか。役人が分からぬことを申すときは、尚武館の名を出してくだされ」

「へえ」

と蕎麦打ち棒を、

「百助様、商売道具をちょいと置かせてくださいまし」

と塀の内側に立てかけた竹蔵親分が、通用口から飛び出していった。

四

半欠け長屋を磐音とおこん、利次郎が訪ねたとき、木戸口から、井戸端に立つ勢津《せつ》の姿が見えた。

磐音は手に、研ぎ上がっていた藤原忠広を下げていた。

天神鬚の百助老の屋敷を出たとき、利次郎が、

「若先生、それがしがお持ちします」

と申し出たが、利次郎の手には柳原土手で買った風呂敷包みがあった。

「いや、それがしが持って参ろう」

と答えた磐音は、近くの竹村武左衛門の長屋に足を向けた。

地蔵の竹蔵親分は竪川《たて》で知り合いの船頭が乗る猪牙舟《ちょき》を見付け、

「おい、御用の筋だ。お城まで行ってくんな」

と大川を舟で往来することにした。

そのようなわけで、磐音が考えていたより早く、直参旗本や御家人を監督する御目付方が竹蔵の案内で駆け付けてきた。

その間に磐音らは、天神鬚の百助が自ら淹れた茶の接待を受けながら、四方山《よもやま》話をして時を過ごした。

磐音と利次郎によって気を失わされた三人のうち、利次郎は家来の辰弥と古道具屋の手足を縛《いまし》めた。だが、上様の直臣佐手平八郎を縛める非礼を磐音が止めた。ために石榴の木の下に転がしたまま、利次郎がその傍らで見守っていた。

佐手平八郎はすぐに意識を取り戻したが、利次郎が傍らで見張り、庭先に出さ

れた縁台で茶の接待を受ける磐音らの姿があったため、逃げ出すどころではない。もぞもぞと体を動かすばかりで、御目付方が竹蔵の案内で鵜飼屋敷に飛び込んできたときも、石榴の木の下にいたというわけだ。

「ご苦労にござる」

御家人の鵜飼百助が御目付役人に仔細を告げると、役人の一人が磐音を見て、

「佐々木磐音どの、お手を煩わせ申した。それがし、御小人目付《おこびとめつけ》板橋新五兵衛《いたばししんごべえ》にござる」

と挨拶し、覚悟を決めた様子の佐手を見ながら、

「この者ら、まさか尚武館の若先生が鵜飼屋敷を訪ねようとは夢想だにしなかったでしょうな。それにしても、愚かにも白昼狼藉《ろうぜき》を働くとは、呆れ果てた直参にござる。お調べの後、厳しく沙汰が下されましょう。事が決着いたしました後、尚武館にお礼に参ります」

と引き継いでくれた。

磐音らはようやく鵜飼屋敷を出ることができたが、百助との四方山話の中で、

「つい数日前、竹村武左衛門の姿を見かけたが、もはや腰に脇差もなく着流しで、横川筋を呆《ほう》けたようにふらりふらりと歩いておったぞ」

という言葉が気になっていた。

そのようなわけで、拝領屋敷を出たところで、

「遅くなったついでと申してはなんだが、竹村さんの長屋を訪ねてみたい」

とおこんに願った。磐音の意中を察したおこんが、

「それがようございます」

と二つ返事で承諾したのだ。


「勢津どの」

磐音の問いかけにくるりと振り向いた勢津が磐音らを認めて、

「佐々木様、おこん様、早苗になにか」

とまず尚武館に奉公に出た娘の身を案じた。

「勢津どの、早苗どのは息災にござる。いえ、鵜飼様の屋敷まで参りましたので、こちらに足を伸ばしました。竹村さんのお顔を一目見ようと思うたまでです」

「ご心配をおかけ申します」

「こちらにおられますか」

いえ、と首を横に振った勢津が、

「最前、品川様《しながわ》より使いが参り、北割下水に出かけました」

「品川さんの屋敷から使いが」

「なんでも、奉公口があるとか」

「それはよい話ですね」

磐音はおこんと利次郎を振り返った。

「参りましょうか」

おこんの一言で、磐音らは南割下水から北割下水の品川柳次郎《りゆうじろう》邸に回った。

品川家の門と屋敷は最近大工の手が入ったうえに、綺麗に掃除が行き届いていた。幼馴染みの椎葉《しいば》有《ゆう》が嫁に来ることが決まって以来、品川家では折りにふれ古びた屋敷の内外に手が加えられていた。

「お邪魔します」

と磐音が声をかけて門を潜ると、瓢簞《ひようたん》がぶら下がった下を鶏が闊歩《かつぽ》して餌を漁《あさ》り、その向こうの縁側に武左衛門の大きな体が見えた。

「おおっ、ちょうどよい折りに尚武館の若夫婦が見えたぞ。うーむ、門弟衆を従え、風呂敷包みを抱えさせているところを見ると、前祝いに角樽《つのだる》でも持参したか」

と勝手な言辞を弄《ろう》した。

磐音もおこんも、武左衛門の声音に張りがあるのに気付いた。

「幾代《いくよ》様、座布団を二枚、いや三枚貸してくだされ。いくら貧乏御家人とは申せ、座布団の二枚や三枚ござろうな」

と大声で奥に呼ばわった。

縁側に続く居間には内職のやりかけが見えて、武左衛門が長居をしていることを示していた。

「若先生、無沙汰をしています。かように竹村の旦那にわが家を乗っ取られ、内職もできぬ有様です」

品川柳次郎が苦笑いを浮かべて事情を説明した。

「お忙しいご様子ですね」

「急ぎ仕事が舞い込みまして、尚武館の稽古を休んでいます。そろそろ一段落つきますから、また神保小路に通います」

頷く磐音に奥から幾代が姿を見せて、

「ようまあおいでくだされました」

と挨拶した。そして、両腕に座布団を抱えた幾代がじろりと武左衛門を見ると、

「ほれ、そこのお方、むさい体をちと縁側の端に寄せられぬか。おこん様の座る場所もございますまいが」

「おおっ、これは気が付かぬことで」

と武左衛門が、自らの尻《しり》の下に敷いていた座布団を手にその場を明け渡し、

「おや、それがしとだいぶ扱いが違いますな。それがしの座布団は綿がはみ出た作業場のもの、そちらは客用か」

「そなた、うちに客で見えられたのか。それとも内職を邪魔しに来られたか」

「幾代様、それはありますまい。それがし、柳次郎から使いを貰《もろ》うたで、取るものもとりあえずこちらに駆け付けたのでござる。それをお忘れか」

「用は半刻（一時間）以上も前に済んでおります」

「そのように邪険な物言いをされると、それがし、身の置き所もござらぬ」

と手にした座布団を縁側の端に敷いてどっかりと腰を下ろし、雨戸を仕舞う戸《と》袋《ぶくろ》に背を持たせかけた。

幾代が大きな溜息《ためいき》をついた。

「なにを言うても応えぬ御仁かな。柳次郎、かようなお方を安藤対馬守《あんどうつしまのかみ》様の下屋敷にご紹介申してよいのですか。あとで私どもが迷惑いたしませぬか」

「幾代様、出るところに出れば、不肖竹村武左衛門、藤堂《とうどう》家の家臣であった威厳で応対いたします」

今度は柳次郎が、ふうっ、と不安の表情を見せた。

「安藤対馬守様に仕官の口があったのですか」

と訊いた磐音に、柳次郎が手を大きく振った。

「いえ、仕官の口などどこのご時世にあるものですか。陸奥磐城平《いわきたいら》藩五万石安藤対馬守様の下屋敷がここからさほど遠くない小梅村にありまして、私、下屋敷ご用人猿渡孝兵衛《さるわたりこうべえ》様とは、亀戸《かめど》門前町の馴染みの飲み屋の飲み仲間なのです。昨日、偶々《たまたま》道端でお見かけいたしましたので、駄目で元々と、お屋敷に留守番小者などの口はありませんかとお訊きしたのです」

「ほう、さすがは情に厚い品川さんだ」

「すると、ちょうど住み込み門番が歳のせいで職を辞したとか。門番の口ならあるが、人物は信頼できるかと尋ね返されました」

「若先生、おこん様、人物は信頼できるかと尋ねられて、柳次郎がなんと答えたとお思いになりますか」

幾代が磐音とおこんに訊いた。

「はて、どのように応答なされましたか」

「当人は至って能天気、酒が大好きな浪人者です。一応大小を捨てる覚悟を決めております、と答えたそうな。すると猿渡様が」

「品川さん、門番じゃぞ。侍気分で勤められても困る」

「いえ、もうその気はございませぬ」

「妻子持ちか」

「はい。女房と子供がただ今三人」

「腹にやや子でもおるのか」

「いえ、そのような元気はございますまい。長女が尚武館佐々木道場に奉公に出ております」

「神保小路の尚武館じゃと。そなたが口を利いたのか」

猿渡の顔が尚武館の名を聞いて引き締まった。猿渡は、柳次郎が尚武館に稽古に通い始めたことを承知していた。

「いえ、そうではございませぬ。尚武館の若先生佐々木磐音どのと、それがし、そして竹村武左衛門の三名は、若先生が深川に住み暮らしておられた折りからの朋輩《ほうばい》にて、若先生が竹村家に口を利いて娘の奉公が決まった経緯《いきさつ》がございます。猿渡様、お長屋は空いておりましょうか」

「五人が住み暮らすにはちと狭いが、畳座敷二間に台所の板の間のお長屋は空いておる」

「竹村武左衛門を、なにとぞ門番の口に雇うてくださいませぬか」

柳次郎は両国東広小路の雑踏の中で、腰を七重に折って願った。

「まず人物が一番じゃな。能天気で酒好きと言われたな。これまでそなたら、迷惑をかけられたことはないか」

しばしば、と口まで出かかった柳次郎がぐいっと堪えて、

「まあ、酒の上で一、二度は」

「一、二度な」

と猿渡がじろりと柳次郎を見た。

「品川さん、年寄りの目を欺いてはならぬぞ」

「いえ、欺くなど。まあ、長い付き合いゆえ、三、四度は」

「それだけか」

「ええ、もう少しは」

「ふーむ」

と猿渡が鼻息を洩らし、

「当家は五万石と石高は低いが譜代大名にござる。ただ今対馬守信成《のぶなり》様は奏者番を務め、ゆくゆくは寺社奉行、若年寄と出世を望んでおられる。そのような屋敷に、どこの馬の骨だか分からぬ者を雇い入れるわけには参らぬ」

「やはり駄目でございますか」

「じゃが、そなたとは飲み仲間で、人柄をよう存じておる」

「それがしが門番を務めるわけにはいきませぬ」

「そうではないぞ、品川さん」

「とおっしゃいますと」

「まず人物を見る」

「当然です」

「その折りだ、そなたが同道するのは当然のことながら、尚武館の後継佐々木磐音どのより、身許《みもと》引受人になるという一札が貰えぬか。それならば、当家でも前向きに考えようではないか」

「佐々木磐音どのを巻き込むのですか」

「うちとしても、屋敷に見ず知らずの一家を入れるのじゃ、それくらいの用心はせぬとな」

柳次郎は、困惑の体で猿渡を見た。

「よいお話ではございませぬか」

と磐音が応じた。

「ほれ、見よ。案ずるより産むが易しじゃ。そなたら母子は心配性で敵わぬわ」

と戸袋に背を凭《もた》せかけた武左衛門が磐音の言葉に応じた。

「これ、そのような格好で気安くも言葉を弄されるな。そなた、佐々木様に願う意味を理解しておられるのか」

幾代の口調は険しかった。

「幾代様、それがしのことはそれがしが一番承知してござる。まあ、方々に迷惑をかけぬように相努める所存ゆえ、ご安心くだされ」

「うーむ」

と幾代の鬢《びん》のあたりに青筋が立つのをおこんは見た。

「幾代様、まだ話が決まったわけではございませぬ。竹村様のことを本気で案じられるのは、奉公が決まった後でもようございましょう」

「おこん様、亭主どのは身許引受人を承諾なされますか」

「おそらくは」

おこんの視線が磐音にいった。

「かような話は滅多にあるものではございませぬ。そう思われませぬか、幾代様」

磐音が幾代に問い返した。

「それはそうでございます。しかしながら、肝心要《かなめ》の当人がそのことを弁《わきま》えておられぬようにございます」

ぎらりと光る幾代の目から、磐音は武左衛門に視線を移した。

武左衛門が慌てて姿勢を正し、磐音を正視した。

「品川さんが大きな運を運んでこられた。竹村家にとり、最初で最後の大きな決断と思いませんか」

「いかにもさように存ずる。それがし、もはや力仕事は敵わぬ」

「腰に大小を佩《はい》す武士、諦めきれますな」

「脇差は残してあるが、大刀は道具屋に叩き売った」

「譜代大名家の門番として、安藤様をはじめ、ご家来衆に腰を折り、頭を下げて迎えられますか」

「給金のためじゃ、頭くらいなんぼでも下げる」

柳次郎がなにか言いかけた。磐音の目が制した。

「給金のために頭を下げるのではござらぬ。それでは心が籠っておらず、かたちばかりです。安藤家の一奉公人として忠義を尽くせるかどうか、その志、その覚悟が頭を下げさせるのです。お分かりか、竹村武左衛門どの」

うーむと唸った武左衛門が、供されていた茶碗に手を伸ばした。

磐音が腰帯に差した白扇をすいっと抜いた。

白扇が翻り、茶碗に伸ばしかけた右手の親指を強か打った。

「あ、いた」

と武左衛門が右手を抱えて蹲《うずくま》った。

「竹村さん、そなたの右手の親指で刀を握ることは生涯叶いますまい。宜しいか、その痛み、武士を捨てた痛みです。奉公が叶いし折りは、竹村武左衛門ではなく、ただの武左衛門にござる。若い家来に門番、武左と呼び捨てにされても、我慢できる覚悟がおありか」

火を吐く磐音の問いに、痛みを堪えて武左衛門が顔を上げ、

「ある。もはや身内にこれ以上の迷惑はかけられぬ」

と悲痛な叫び声で答えたものだ。

「その返事やよし。決して忘れてはなりませぬぞ。武左衛門どの、肝に銘じなされ」

磐音に代わって幾代が言い添えた。

「はっ」

白扇を腰帯に戻した磐音が柳次郎を見ると、

「品川さん、安藤家の下屋敷に伺う折り、それがし、同道いたします」

「身許引受人を承諾なさるのですか」

「竹村さんが万が一不始末をしでかした折り、そなた一人に腹を切らせるわけには参りません。それがし、友の始末をして後、お供いたします」

「かたじけのうござる」

柳次郎が、内職の竹屑《たけくず》が散った膝に両手を添えて頭を下げた。

両国橋の上に薄い秋の月があった。

三人は猪牙舟で大川を渡りながら、それぞれの想いを胸中に抱いていた。

「若先生、それがし、部屋住みほどしんどい身分もないと思うておりましたが、武士を捨てるほど追い詰められたことはございませぬ。こたびの道中、己のこれからを真剣に考えて参ります」

「竹村さんの決断が、なにか利次郎どのの胸に響きましたか」

「いえ、若先生の諭しと品川様の親身が、それがしの心を打ちましてございます。友とはよきものですね」

「われら三人、長い付き合いがこれからも続く。その間に、あれこれ三人の身に振りかかることもあろう。それがしが悩んだ折りは、品川さんと竹村さんが忠言してくれよう」

「身分が変わろうと、それが真の友ですね」

「いかにもさよう」

微笑んだ磐音の脳裏に、河出慎之輔、舞の夫婦、小林琴平の三人の顔が浮かび、それが水面《みなも》に映る秋の薄い月と重なった。

第四章　真剣のこつ

一

　磐城平藩は、単に平藩、あるいは磐城藩とも呼ばれ、陸奥磐城平を中心とした譜代中藩である。

　慶長《けいちょう》七年（一六〇二）六月、下総矢作《しもうさやはぎ》藩四万石鳥居忠政《とりいただまさ》が入封して以来、内藤家、井上家と藩主が交替し、宝暦《ほうれき》六年（一七五六）五月、美濃加納《みのかのう》藩五万石の安藤信成が就封した。

　この信成は、磐城平城下に入るや、藩校の施政堂《しせいどう》を創設し、藩士の子弟の教育に力を注いだ。安永三年（一七七四）には幕府の奏者番に抜擢《ばってき》され、寺社奉行を窺う位置にいた。後々のことになるが、信成は若年寄に出世、さらには松平定信の寛政《かんせい》の改革に参画して老中に昇り詰めた英邁《えいまい》な政治家であった。

この日、佐々木磐音と品川柳次郎は、紋服に威儀を正して脇差だけを腰に差した竹村武左衛門を同道して、磐城平藩の下屋敷門前に立った。すると、いつもは門番もいない門前に家臣が立って警護に当たっていた。

「いつもと様子が違うな」

と柳次郎が首を傾《かし》げた。

「おい、柳次郎、もはや門番を雇い入れたのではないか」

「そのような筈もないが」

ぼそぼそと門前に立って会話する二人に警護の若侍が、

「これこれ、門前で立ち止まってはならぬ。御用がなければお行きくだされ」

と声をかけてきた。

「あいや、それがし、品川柳次郎と申す者にござる。当家用人猿渡孝兵衛様に呼ばれ、かくも参上した次第です」

「おお、品川どのか。用人どのからお達しがあった。ただ今猿渡様にそなたらの訪《おとな》いを告げるで、暫時これにてお待ちくだされ」

と門前で留め置かれた。

「どうも様子が違うな。柳次郎、こりゃ、無駄足じゃぞ」

武左衛門が、なんとなく厳めしい警戒に恐れをなしたか呟いた。

「お断りのために、竹村の旦那同道で屋敷まで来られよとは申されまい」

と応えた柳次郎も妙な顔をしていた。そこへ、式台に白髪《しらが》混じりの髷《まげ》を結った老人が姿を見せ、

「品川どの、よう参られた」

とひょこひょこ門前まで迎えに出てきて、脇差だけの武左衛門をじろりと見ると、

「この者じゃな。当家の門番を志願しておるのは」

「猿渡様、いかにも竹村武左衛門にございます」

と紹介しようとすると、武左衛門が猿渡の前に進み、ぺこりと頭を下げるや、

「それがし、元伊勢藤堂家家臣竹村武左衛門」

と名乗りかけるのを柳次郎がぐいっと袖《そで》を引っ張り、

「旦那、それがしが仲介の労を取っておる最中にでしゃばるでない。そなた、若先生の訓戒を忘れたか」

といつになく険しい声音で忠告した。

「おお、これはしくじった。差し出がましい態度にござった。お許しあれ」

と武左衛門が引き下がった。

「こやつの気性、もはや相分かった」

と再びじろりと武左衛門を睨み据え、一変顔の表情を和らげた猿渡用人が、

「品川どの、もうお一方はどなたかな」

と期待の様子で柳次郎に訊いた。

「猿渡様、尚武館佐々木道場の後継佐々木磐音若先生にございます」

「なんと、佐々木どの自らこやつの付き添いに参られたか」

満面の笑みを浮かべた用人が磐音を見た。

「ご用人、佐々木磐音にござる。以後お見知りおきくだされ」

「これはご丁重なるご挨拶、猿渡孝兵衛痛み入り申す」

「長年の朋輩竹村武左衛門がこと、よしなにお願い申します」

磐音が腰を屈《かが》め、頭を下げると、柳次郎も倣った。だが、武左衛門は珍しく剃刀《かみそり》の剃《そ》り跡も清々しい顎を片手で撫《な》で上げて、突っ立っていた。それに気付いた柳次郎が、

「旦那、たれのために若先生が頭を下げておられるのだ」

と叱り付け、頭をぐいっと下げさせた。

猿渡がからからと笑った。決して機嫌は悪くないようだと、柳次郎も磐音も感じた。

「所帯持ちというゆえ、お長屋がどのようなものか案じられるであろう。御用部屋にて話をいたすより、お長屋がよろしかろう」

と言った猿渡孝兵衛は、門番を務めていた若侍を手招きすると、小声で何事か告げた。

はっ、と畏まった若侍が磐音に視線を送ると、会釈をして屋敷に小走りに向かった。

「こちらにござる」

磐城平藩の下屋敷もまた、両扉門番所の左右に奉公人の住まいが並ぶ様式をとっていた。門番の老人が住んでいたお長屋は門に向かって左側で、猿渡は腰高障子を引き開けると敷居を跨ぎ、

「人が住んでおらぬと土臭いのう」

と呟いた。そして、ささ、どうぞ、と磐音らを招き入れた。

土間は四畳ほど、板の間も六畳ほどあり、竈《かまど》が二つ並んでいるだけで道具がな

いせいか広々と感じられた。板の間の隅に梯子《はしご》が立てかけてあるところをみると、天井裏に物置が設けられているのか。

「畳は替えさせ、障子紙も張り替えさせた」

猿渡がせかせかと板の間に上がり込み、板の間から一段高い座敷の障子を開いた。六畳間が二つ縦に並び、奥の座敷には納戸も付いていた。

「これはなかなかの住まいにござる」

と武左衛門はずかずかと奥座敷に進むと、真新しい畳にごろりと大の字になって寝転がり、

「女房と畳は新しいにかぎるというが、これは気持ちがよい」

とのたもうた。

「これ、竹村の旦那。まだそなたの奉公が決まったわけではないぞ。あまり勝手をいたすと、猿渡様の心証を害するぞ」

と柳次郎が武左衛門の非礼を咎めた。

「まあよい」

と手前の座敷に座した猿渡が板の間に座した柳次郎と磐音を見て、

「お手前方も、この者の世話には苦労をなされたようじゃな」

「猿渡様、このようながさつ者ですが根はいたって正直、悪い真似だけはいたしませぬ」

「と、品川どの、保証できますかな」

「そう突っ込まれますと、返答に窮します。されど女房は働き者、子供らもすくすくと成長しております。ゆえに、この父親のがさつを補って余りあるかと存じます」

さようか、と柳次郎の返事を受け流した猿渡が、

「門番に雇うてもよいが、このご時世、給金は多くは出せぬ」

がばっ

と上体を起こした武左衛門が、

「用人どの、わが家にとって給金ほど大事なものはござらぬ。ましてこちらは五万石の譜代大名、いくらなんでもお店の手代くらいのものは出していただけような」

「これ、武左衛門」

と柳次郎が制したがもはや遅い。

「確かに譜代大名五万石じゃが、大名家の内所はどこも苦しい。わが殿は奏者番

をお務めで朝廷方とのお付き合いがあり、金子もかかる」

猿渡もなかなかしたたかな応対ぶりだ。

「用人どの、いくらなんでも年に十両は頂戴できような」

「十両か、無理じゃな」

武左衛門の望みをあっさりと猿渡が打ち砕いた。

「うちは一家六人、費用《ついえ》もかかる」

「お長屋に住めば店賃は要《い》らぬぞ。お仕着せも夏、冬ものと出す。それに長女娘は奉公に出ているのではないか」

「ふうっ」

と武左衛門が息を吐き、

「いくらにござるな」

と畳み込んだ。

「三両」

「えっ、それでは女中並みではないか」

愕然《がくぜん》と肩を落とす武左衛門を見た猿渡が、

「品川どのが口利きなされ、神保小路から佐々木どのが駆け付けて参られ、そなたの身許引受人を承諾なされた。その友の心情に免じて、春に三両二分、秋に三両二分を出そう」

「年七両か。内職を続けねばまともに食えぬな」

武左衛門の表情はなんとも複雑だった。

「そなたが外に出て内職をいたすことは、当家の体面もござるゆえ、許されぬ。じゃが、お長屋の中でひっそりと女房が内職する分には差し支えあるまい。まあ、この辺が下屋敷の融通無碍《ゆうずうむげ》なところよ。どうじゃ、竹村武左衛門」

「決めた」

がばっと畳に額を擦《こす》り付け、磐音と柳次郎もほっと安堵の息を吐いて頭を下げた。

「ただしじゃ、本日のように藩主信成様が下屋敷で静養なさるときは、内職はやめてもらう。よいか」

「本日、殿様がお見えでしたか。道理で門前の警固が険しいわけじゃ」

「そなた、浪人暮らしが長いとは申せ、剣術の真似事くらいできような」

「はあ」

と武左衛門が、磐音に白扇で戒められた右手をもう一方の手で思わず触った。

「猿渡様、竹村武左衛門は、ご当家の門番として奉公が叶いますならば、武士であったことはすっぱりと忘れる覚悟にございました。本日は脇差を携えておりますが、それも捨てて六尺棒に道具を替える所存です」

と柳次郎が板の間から言い添えた。

「本日は格別じゃが、普段の下屋敷は男手も少ない。ゆえに門番に形《なり》だけでも厳めしい男がおるのは当家のためである。この者、形だけは大きいでな、六尺棒の他に脇差を差して警固してもよかろう。どうじゃな、品川どの」

問われた柳次郎が磐音を振り返った。

「ご当家のためとあらば、脇差を腰にしてのご奉公、ようございましょう。また竹村どのもすでに士分にあらざること、しかと承知にございましょうからな」

磐音が今度は武左衛門を見た。

「若先生、いかにもそれがし、武士を辞してござれば、勘違いなど決していたさぬ」

と応じた武左衛門が右手を突き出して、戒めの箇所をもう一方の手で差した。

「これにて、竹村武左衛門が陸奥磐城平藩江戸下屋敷門番として奉公する約定がなり申した」

猿渡の宣告に三人が頭を下げた。

「見てのとおり、当家ではいつでも竹村を迎え入れることができる。じゃが、ただ今、殿が静養中ゆえ、上屋敷にお戻りになる明後日以降に引越ししてもらいたい」

「なんとも忙しいことになったぞ」

と武左衛門が呟いたとき、長屋の腰高障子が開けられ、先ほど猿渡が耳打ちした若い家臣が顔を出した。

「なんじゃ、本多《ほんだ》」

「ご命にございます」

猿渡が畳の間から板の間に下りて若侍のもとへと行った。二人はひそひそと話し合っていたが、

「品川氏、ちと願いがござる」

と振り返った。

「なんでございましょう」

「殿が、お手前方と会いたいと仰せじゃ」

「おっ」

と飛び上がったのは竹村武左衛門だ。

「殿様がそれがしの奉公を気にかけておられるか」

柳次郎が思わず舌打ちして、

「これは失礼いたしました」

と詫び、武左衛門に、

「くれぐれも勘違いをいたすでない、旦那」

と釘《くぎ》を刺したあと、

「殿様がわれらにお会いになりたいとは、またなんぞ理由がございますので」

「会えば分かる。殿は下屋敷に滞在なされておられるときは、気軽に里人に話しかけられるお人柄と心得よ」

はっ、と柳次郎も畏まるしかない。

三人は猿渡に伴われ、屋敷をぐるりと回って庭に出た。

安藤家の下屋敷は五千坪の敷地を持ち、内七百六十坪は隣家神道方《しんとうかた》の吉川《よしかわ》家よりの借地だ。そして、この下屋敷の庭には湧水《わきみず》があり、さらに北十間川から引き込まれた水と一緒になって回遊する自慢の庭園であった。

安藤信成は地下水が湧《わ》く小さな滝の畔《ほとり》の四阿《あずまや》に休んでいた。

「孝兵衛、お連れいたしたか」

「はっ」

と猿渡が畏まり、磬音らも片膝《かたひざ》を突いて頭を下げた。

「苦しゅうない、面を上げてくれぬか。話もできぬからな」

幕府の奏者番を務める安藤信成はこのとき、三十六歳の働き盛りであった。精《せい》悍《かん》な顔が磬音に向けられた。

「佐々木磬音どの、久しぶりかな」

磬音は会釈を返し、

「安藤様にも堅固のご様子とお見受けいたします」

磬音は日光社参の折りと、尚武館道場改築記念の大試合の際、安藤信成自ら尚武館に身を運び、見物していたため、見知っていた。

「なんだ、そなた殿様と知り合いならば、知り合いとなぜ言わぬ」

武左衛門が言いかけ、柳次郎に制せられた。

「それがしの友、竹村武左衛門をご当家門番としてご奉公をお許しいただき、感謝の言葉もございませぬ」

「なにっ、門番を召し抱えたか、孝兵衛」

どうやら安藤信成は、門番の一件は与《あずか》り知らぬ様子であった。

「次助爺《じすけじい》が老いのために仕事を辞したゆえ、後釜《あとがま》にあのむさき男を決めましてございます。当人はいたって能天気にございますが、この者の友、佐々木磐音どの、品川柳次郎どのが推挙なさるゆえ、猿渡孝兵衛その友情に免じてのことにございます」

ほう、と頷いた信成が磐音に再び視線を戻し、

「ようわが下屋敷に参られた」

「友がご奉公の縁で、当家の見事な庭と泉水に接し、目の保養になりましてございます」

磐音が答えるところに、白鉢巻に襷《たすき》掛けの若侍数人が、手に竹刀を下げて姿を見せた。どうやら信成の勤番衆のようだ。

「爺から、佐々木磐音どのが下屋敷に参っておると聞き、よい機会ゆえ指導を仰げと家来どもに命じたところじゃ。佐々木どの、面倒とは存ずるが、わが家来どもに剣術の手解きをしてくれぬか」

信成が願った。

かような機会には必ず起り得ることであったから、磐音は素直に受けた。

包平《かねひら》を腰から抜くと柳次郎に渡した。すると心得た家来の一人が、竹刀を捧げ持って磐音の前にやってきた。

「お借りいたす」

磐音は軽く素振りをすると、緊張した若侍らに向き直った。十八くらいから二十三、四歳か。

「当家のご流儀は」

笑みを浮かべた磐音に年長の侍が、

「施政堂では、小野派一刀流伊奈吉十郎右衛門《いなきちじゆうろうえもん》様が指導をしておられます」

頷いた磐音が、

「お手前の名は」

「若柴太郎次《わかしばたろうじ》にござる。ご指導お願い申します」

頷いた磐音に、若柴が正眼に竹刀をとった。

選ばれた若侍の中ではこの者が実力一番と考えて指名されたのだろう。

磐音も正眼だ。

構え合った途端、若柴の体が萎縮《いしゆく》するのが柳次郎にも分かった。

「殿様は、えらいことを家来に命じられたぜ。まるで蛇に睨まれた蛙《かえる》だな」

武左衛門が同情を込めた口調で言った。

「若柴どの、一旦、構えを解きなされ。深呼吸を二度、三度繰り返し、体の力を抜いてくだされ。それでよい」

再び構え合ったが、若柴は身動き一つとれないでいた。

「どうした、太郎次」

信成が声をかけた。

「いえ、佐々木様が構えられた途端、なんだか気力が薄れていくようで、妙な感じにございます」

「畏《おそ》れながら」

と断った柳次郎が、

「信成様、これが佐々木磐音の居眠り剣法にございます」

「居眠り剣法とな」

「春先の縁側で日向ぼっこをする年寄り猫がごとき長閑《のどか》な構えに、幾多の剣術家がつい高を括り、敗《やぶ》れ去ってございます。真に恐ろしき剣術にございます」

「どうやら居眠り剣法、わが家臣では太刀打ちできそうにないか」

信成が愕然とした表情で磐音を見た。

「畏れながらそれがし、品川柳次郎どのと稽古をいたします。ご家来衆もそれを見られれば、尚武館の稽古がいかなるものか、得心いたされましょう」

若柴の竹刀を借りた柳次郎を相手に、直心影流尚武館道場の剣術稽古を磐音が披露した。

わずかな時間ながら濃密にして遅滞のない攻防に、信成や家来衆が茫然自失で見入り、言葉もない。

二

半刻（一時間）後、法恩寺橋東詰の地蔵蕎麦に、磐音、柳次郎、そして武左衛門の姿があった。竹蔵親分も御用が暇とみえて釜場《かまば》から姿を見せ、三人の相手をしていた。

「おれもとうとう年貢の納め時だ」

茶碗酒を手にしみじみと武左衛門が親分に言った。

「これまで年貢なんぞ払う気がございましたので」

「払いたくとも余裕がないでな、まあ、世間様、ここに集っておられる朋輩衆に多大なる迷惑をかけて生きて参った。奉公が決まったとなると、放埒《ほうらつ》な日々を改めねばなるまい」

「磐城平藩安藤家の看板を背負って歩くんですからね、もはや酒もほどほどにしてくださいよ」

竹蔵が親身に諭した。

磐音が半刻余り安藤家の若侍相手に剣術の手解きをすると、見る見る動きが違ってきた。それを見た安藤信成が、

「爺、わが家臣らも、時に尚武館に稽古に参り、佐々木道場の気風に触れさせるほうがよかろう」

と言い出した。

「爺も最前から考えておりました。門番にむさい男を雇い入れることになりましたのも、偏に、朋輩の一人に佐々木磐音どのがおられると聞いたゆえにございます。まさかと思うておりましたが、かような日を迎え、爺も満足にございます」

用人の猿渡孝兵衛も満足げに信成に応じたものだ。

「佐々木どの、折りをみてわが屋敷にも参られよ。なにしろ竹村とやらの身許引受人はそなたゆえ、時には顔を見せられぬと示しがつくまい」

磐音は、はっと畏まるしかなかった。

そのようなわけで、奉公が決まった内祝いを地蔵蕎麦でと、当人の武左衛門が言い出し、磐音も柳次郎も苦笑いで応じたところだ。

「殿様がおれを見る目と尚武館の若先生を見る目とではまるで違う。佐々木さんを見るときは満面の笑みでな。おれのほうはまるで庭石のようにちらりと視線が流れるばかり、一瞥《いちべつ》もなしだ。酷《ひど》いとは思わぬか」

「竹村の旦那、どこに、門番に雇い入れた者にお目どおりをお許しになる殿様がおられますか。それだけでも破格にございますよ」

「なにっ、佐々木若先生目当てで、おれの殿様対面が叶《かの》うたと申すか」

「旦那、当たり前だ」

と柳次郎が言い放った。

「この奉公はな、佐々木さんがおられたゆえ叶うた話だ。御家人風情《ふぜい》のそれがしと半欠け長屋の浪人が参ったとて、話がなったかどうか。尚武館は幕閣の方々とも縁が深い。信成様には奏者番から寺社奉行を狙《ねろ》うておられるとなると、この方々の引きがいる」

「そうか、そうだな」

「ちょっとお待ちください。それがしには、幕閣の人事に関与する力など一切ございません」

柳次郎と武左衛門の会話に磐音が割って入った。

「佐々木さんには面倒なことでしょうが、尚武館佐々木道場が幕府と近しい関係にあることは、たれもが承知のことです。佐々木さんが一番嫌われることでしょうが、尚武館の後継になった以上、好き嫌いに拘《かかわ》らず、尚武館道場主に付いて回る運命《さだめ》にございます」

と柳次郎が言い切った。

「なんとのう、おれは佐々木磐音がおったゆえ門番に奉公できたか」

「そなたの門番奉公話と殿様の出世欲を一緒にすると、話がややこしくなる」

「確かにあの猿渡とか申す用人の爺《じじい》、むさい男を雇い入れた背景には佐々木磐音がおったゆえだと、しゃあしゃあとぬかしおったな」

「だから事実なのだ」

「ご両人、もはやこの話、やめにしませぬか」

と磐音が止めた。

「佐々木さんが一番嫌いな話でしたね。私が言いたかったのは、竹村の旦那の奉公話には周りの気遣いがあったゆえ、それをくれぐれも忘れてはならぬということなのです」

「品川さん、それがしも承知です。ともあれ、竹村家の暮らしが落ち着くのはなんとも嬉しいかぎりです」

「一代の英傑、ついに門番にて幕か。嗚呼《ああ》、人生無常なり、英雄に利あらずか」

「精々気取っておれ」

と柳次郎が悪態をついた。

この場にあるだれもが武左衛門の就職を喜んでいたが、武左衛門の複雑な心底を思うとき、素直に目出度いとは言えず、注文を付けたり苦言を呈したり、荒っぽい祝福になった。

「おれは嬉しい。そなたらの心遣いに感謝しておる」

と茶碗酒を三、四杯飲んだ武左衛門が言い出し、

「竹村武左衛門、早、士分ではござらぬ。ただの門番、それを生涯の務めといたす。それでよかろう、柳次郎」

「よいな、今日は格別じゃ。明日からこの界隈を飲み歩いてはならぬぞ」

「飲み歩くもなにも、仕度金も出ぬ奉公話ではないか。飲みたくても飲めぬわ」

「一抹の不安が残るな」

柳次郎が、すでに呂律《ろれつ》が回らなくなった武左衛門を見た。

「半欠け長屋で暮らすのもあと二、三日か。名残り惜しいようなさばさばしたような、妙な心境だぞ」

「ともかく、今宵はそれがしが長屋に同道し、勢津どのに説明いたす」

「柳次郎、当人のおれがおるではないか。説明もなにも、引越しじゃあの一言で事が決する。それが主《あるじ》の威厳というものだ」

「そなたの呂律の回らぬ舌で意が通じるとも思えぬ。長年住み慣れた長屋を整理して引越す仕度もいろう。今晩じゅうに、勢津どのに事情を呑み込んでおいてもらわぬとな」

「勝手にいたせ」

武左衛門が茶碗に残った酒を飲み干すと、そのまま後ろ向きに倒れ込んで鼾をかき始めた。

「話も終わらぬうちからこれだ」

「品川さん、竹村さんなりに本日は緊張しておられたのです。奉公話が決まってほっとなさり、地蔵蕎麦に落ち着いて一気に緊張の糸が解けたのでしょう」

「佐々木さん、その緊張の糸が切れるのがたれよりも早すぎます。それがし、その辺が案じられてなりませぬ」

「杞憂ということもありましょう。しばらくは、新しき竹村家の暮らしを見守りましょうか」

と磐音が言ったところに、男が冷飯草履《ひやめしぞうり》の音をばたばたさせて地蔵蕎麦に飛び込んできた。

「おや、鐘撞《かねつ》きの道七《どうしち》さん、どうしたえ」

竹蔵親分が三十七、八の色の浅黒い男に応じた。

磐音も見覚えのある顔で、横川西岸本所入江町の河岸《かし》にある時鐘を撞く道七だった。

「親分、時鐘役の金三郎《きんざぶろう》旦那が、ここんとこ風邪《かぜ》を引いて休んでおられたんだ。三日ばかりのことだ。最前、もう一人の時鐘役の相生《あいおい》の旦那に様子を窺ってこいと言われて、近くの入江町裏の家を訪ねたと思いねえ」

「ほうほう、それでどうしなさったね」

「戸口に閂《かんぬき》がおりている様子で静かなものだ。風邪のせいで日中から寝込んでいるとも考えられたんでさ、勝手口に回ったんだ。すると親分、勝手口の戸口が二寸ばかり、不用心にも開いているじゃないか」

「それで声をかけなさったか」

「声をかける前に、妙な臭《にお》いが鼻を突いてね」

「妙な臭いだって」

「腐臭というか、生臭いような血の臭いというか」

「なんだって」

「おれさ、中を確かめようと思ったけどさ、足が竦んでいけねえや。時鐘屋敷に戻って相生の旦那にその旨伝えると、なにはともあれ、地蔵の親分に報告するのが先だと言われてよ、おれがここに来たってわけだ」

「金三郎の旦那は婆《ばあ》さんと二人暮らしだったな」

竹蔵はすでに立ち上がっていた。

「倅も娘も所帯を持って外に出てらあ」

柳次郎が磬音を見た。

「親分、同道いたそうか」

「佐々木様、南は非番月、北の旦那が出張《でば》ってこられるのは分かってますがね、横川筋はうちの縄張り、なにがあったかくらい目処《めど》を付けておきたいので。ご一緒願えるとどれほど力強いか」

「参りましょう」

柳次郎が高軒の武左衛門を見て、溜息をつき、

「親分の店には迷惑だが、このまま寝かせておいてよいか」

「客もいませんや。うっちゃっておきなせえ」

道七の案内で、磐音、柳次郎、竹蔵親分に手下《てか》が二人、まず店の前の法恩寺橋を渡った。河岸道を急ぎ足で南に向かう。

「本所の時鐘は最初、日光御霊屋《みたま》普請《ふしん》御手伝《おてつだい》を命じられた松平陸奥守様が横川脇に材木置場を設けましてね。そのとき、職人が集まるのに時鐘がないのは不便てんで、ほれ、この先の長崎橋際に設けられたのが最初でございますよ」

磐音が初めて耳にする話だった。

「御普請がなったあと、中村源兵衛《なかむらげんべえ》というお方が譲り受け、横川の向こう岸の最上《もがみ》屋敷に鐘撞き堂を移しまして、鐘撞き銭を町内から受け取り、鐘撞き役を務めておられました。その後、どういう経緯《いきさつ》か、本所の鐘撞き堂は法恩寺橋西際、うちの対岸に移ったそうですが、嵐のせいかなにかで大破して一旦は消えましたそ

うな。その後、元禄《げんろく》二年（一六八九）、武家地、寺社、町方がうち揃って、なにかと不便だからと幕府に嘆願し、ただ今の入江町河岸に再建されたんで。土地っ子なら承知の話ですが、鐘撞き堂は高さ二尺に石垣を積まれ、二間四方の銅葺《どうぶ》き屋根に覆われております。その際、鐘撞き堂の他に、南北八間東西二十間の鐘撞き屋敷も拝領し、この界隈のお役に立てるよう時鐘役二人が交替で時鐘屋敷に常駐するようになったのでございますよ」

竹蔵親分は縄張り内というだけあって、本所の時鐘についてもすらすらと知識を披露した。

その話が終わったとき、鐘撞き堂の前に来ていた。

「こっちで」

と黙って竹蔵の講釈を聞いていた道七が、入江町の路地へと磐音らを導いていった。

時鐘役の金三郎方は、入江町の路地を入った左手、さらに細い路地を入った突き当たりで、小さいながら一軒家であったが塀はない。確かに表戸は閂が下ろされているらしく、竹蔵が触ったがびくともしなかった。

道七の案内で家の横手にある勝手口に回った。

家は間口五間半に奥行きが七間ほどか。裏手には二間幅の裏庭があると見えて、板塀がそこだけ設けられてあった。

「閉じられているな」

と竹蔵が呟き、道七が、

「親分、おれが戸を閉めてきたんだ。心張棒は支《か》ってないと思うぜ」

と開こうとした。それを制した竹蔵親分が、手下に提灯を灯《とも》させた。

秋の日は釣瓶《つるべ》落としで、いつの間にか本所界隈には夕暮れが迫っていた。

提灯に火が入り、竹蔵が自ら提げて片手で戸を開いた。道七の言うとおり、するりと戸が開き、提灯が突き出された。

台所の土間に、確かに腐敗臭と血の臭いが籠っていた。

竹蔵に続いて手下と道七が入り、続いて柳次郎、最後に磐音が土間に入った。

土間は二坪ほどか、がらんとしていた。

腐敗臭は竈の向こうから漂ってきた。

提灯の灯りが移動して竈の向こうを照らした。女がうつ伏せになって顔をねじ曲げ、両眼を見開き、苦悶《くもん》の表情で虚空《こくう》を睨んでいた。顔の下には嘔吐物《おうとぶつ》が広がり、蠅《はえ》が飛びまわっていた。亡骸《なきがら》は、閉じられた屋内の温気《うんき》ですでに腐敗が進んでいた。

「げええっ」

と叫んで道七が勝手口の外に飛び出していった。

「金三郎旦那のかみさんのおかつ婆《ばば》ですぜ」

と竹蔵が言い、提灯を手下に渡すと、手拭いを鼻にあてておかつに近付き、嘔吐物の臭いを嗅《か》ぎ分けるように、手拭いを鼻から外したり当てたりした。

「旦那はどこだ」

と言いながら竹蔵が奥に進んだ。

「死んで二日は経ってるな」

竹蔵はだれにともなく呟いた。

鐘撞き方の金三郎は、寝間に敷かれた床の上でのたうち回ったか、嘔吐物をあちらこちらに激しく撒き散らした中で死んでいた。死体の腐敗は女房以上に激しく蛆《うじ》がわいていた。

家の中は簞笥《たんす》、長火鉢と荒らされた跡があった。

「物盗りですかねえ」

と竹蔵が、またも呟いた。

「親分、物盗りだとしたら、この殺し方はちと尋常ではないな。物盗りが毒を飲ませて殺すものか」

柳次郎が答えた。

「顔見知りだとしたらどうです」

「そうか、顔見知りが物盗り目的で入り込み、夫婦に毒を盛った食べ物を食べさせたということか」

柳次郎の言葉に竹蔵が頷いた。

「親分、自死したとは考えられぬか」

磐音が他の考えを提案した。

「なんぞ悩みごとがあって心中したとしたら、勝手口の戸が開いていたのはどう考えればいいんで。また、部屋の荒らされようもちょいとおかしゅうございますよ」

「いかにもさようであったな」

磐音はあっさりと引き下がった。一気に物盗り説に傾くのを危惧しただけだ。

「毒を盛った者がいるとしたら、なにに混ぜたのであろうか」

磐音の次なる疑問に、竹蔵が金三郎の寝間と台所を調べ回ったが、

「おかしゅうございますよ。夕餉を食した後に倒れた様子ですが、夕餉の汚れた茶碗なんぞは綺麗に片づけられています。おかつ婆さんがやったのか、それとも下手人が始末したか」

磐音は長火鉢の引出しの中に、風邪薬とみられる空の薬包を何枚も見付けていた。金三郎は几帳面な性格なのか、空の薬包は綺麗に畳み直されていた。だが、残っている薬の入った薬包とはひと目で識別がついた。

「親分、夕餉の後、金三郎どのが風邪薬を飲んだとしたら、その風邪薬に毒が混じっていたとは考えられぬか」

「医者が下手人と言われるので」

「そうではない。風邪の薬包に毒を盛った薬包を混ぜたとは考えられぬかと思うたまでじゃ」

磐音が引出しの中の薬包を指した。

「金三郎の旦那は几帳面な人でしてね。それにしても空の薬包まで丁寧に取ってあるとは驚きましたぜ」

竹蔵は手拭いに空の薬包をすべて包み込み、懐に仕舞い込んだ。だが、中身の入った薬包は残した。

「佐々木様の推測があたっているかどうか、薬包を調べれば分かりましょう」

と磐音に応じた竹蔵が手下に、

「金三郎旦那の掛かり付けのお医師がたれか、道七に訊いてこい」

と命じた。

「金三郎旦那が風邪薬と思って飲んだものが毒薬だというのなら、それも納得がいきます。ですが、おかつ婆さんのほうはどう考えればよいので」

「はてそこだ」

磐音の推理の欠点を竹蔵が突いたとき、勝手口に、どどっと人が雪崩《なだ》れ込んできた気配があり、台所で言い合う声がしたかと思うと、寝間に定廻り同心と御用聞きが飛び込んできた。もう一人の鐘撞き役の相生の旦那が北町にも知らせたのだろうか。

「竹蔵、今月は北町の月番である」

「へえ、北村《きたむら》の旦那、よう存じております。ですが、入江町はわっしの縄張り内、知らせを受ければ真っ先に駆け付けるのがわっしらの務めにございます」

初老の御用聞きが竹蔵に、

「おい、地蔵、こうして北町の北村様がお出張りになったんだ。現場はこっちに任せてとっとと下がりねえ」

と手にした十手を突き出した。

北村と呼ばれた同心が磐音と柳次郎をじろりと見て、

「お手前方はなぜ、殺しの現場に立ち合うておる」

「いえ、旦那。わっしが駆け付けるとき、なにがあってもいいようにお願いしたんで」

と竹蔵が磐音らに代わって言い訳した。

「何者か」

「尚武館佐々木道場の若先生佐々木磐音様と、御家人品川柳次郎様でございますよ。お二人にはかねがね探索の手伝いを願っておりましてね」

「なにっ、尚武館の佐々木どのは、南町の手伝いをいたさずば飯も食えぬと申すか」

北村が磐音をじろりと見た。壮年の顔立ちは険しく、懐疑の眼差《まなざ》しで睨んでいる。

「そなた方の邪魔をいたすつもりはない。それがし、南町の年番方与力《ねんばんかたよりき》笹塚孫一《ささづかまごいち》様といささかお付き合いがござってな、その誼《よしみ》でこちらに参っただけのことにござる」

と笹塚の名を出した。竹蔵親分が北町の矢面に立ってもと考えたのだ。

「ならば、後はわれらが引き継ぎ申す。お引き取りくだされ」

「承知いたした」

と三人が引き上げようとすると北村が、

「地蔵、北町の探索の邪魔立て、くれぐれもいたすなよ。しかと申し付けたぞ」

「北村様、南が非番月であることは重々承知しております。ですが、御用に携わる者なら、月番非番関わりなく動くのが、これまでの習わしにございます。それに縄張り内のことなので、わっしの探索をお許しくださいまし」

と竹蔵は言い残すや、返答も聞かずにさっさと寝間を後にした。すると北村が大きく舌打ちして、

「十手持ちの分際で」

と罵《のの》り声を上げた。

三

本所入江町の北、横川沿いに長崎町があった。

鐘撞き役の金三郎の掛かり付けの医師は、長崎町西側、横川とは反対側の通りに面した門に、

「漢方医師出雲《いずも》不易《ふえき》」

と看板を掲げていた。

その門前に、四半刻（三十分）前から磐音と柳次郎の姿があった。

すでに夜の帳《とばり》が下り、通りの西側では南割下水へと続く疎水がちょろちょろと音を立てて流れている。その向こう側は、御家人や禄高《ろくだか》の低い旗本の屋敷が並ぶ武家地だ。その武家地から夕餉の仕度をする匂いが流れてきて、柳次郎の腹がぐうっと鳴った。

柳次郎と磐音は、地蔵蕎麦で冷酒を猪口《ちょこ》に数杯飲んだだけだ。

格子戸付きの門の向こうには、出雲不易医師の住まいと診療所を兼ねた一軒家があったが、そう大きくはなかった。また、玄関には未だ数人の患者や付き添いの者たちがいて、不易先生の診察を受けんと待っていた。

ために磐音と柳次郎は遠慮して、竹蔵の調べを門前にて待っていたのだ。溝《どぶ》を流れる水音に虫の音が混じり、秋の深まりを感じさせた。

「不易老先生はこの界隈の住人の救いの神でしてね、懐が苦しい患者からは、いつでもいいと診察代を受け取らぬ名物先生なんですよ」

と本所育ちの柳次郎が磐音に説明した。

「お歳を召されているのですか」

「還暦は五、六年前に過ぎた筈です。倅の一人がなんでも蘭方《らんぽう》を学び、一、二年前から老先生を手伝い始めたと聞いております。倅どのも老先生同様情に厚い人物にて、出雲親子によって本所の病人はどれほど助けられていることか」

と答えた柳次郎は、

「竹村の旦那、もう目を覚まして家に戻りましたかねえ」

と話題を変えた。

そのとき、竹蔵親分と手下が姿を見せた。

「お待たせしました」

門前から少し南割下水に歩いたところで竹蔵親分が立ち止まり、

「空の薬包の一つに、南蛮《なんばん》渡りの毒物が付いておりました。薬草学に詳しい新太《しんた》郎《ろう》若先生が調べてくださったんですがね、毒茸《どくきのこ》から抽出した強い毒性の薬物を咳《せき》、痰《たん》を止める薬に混ぜ込んでおったようです。すると互いに苦味があるので、患者は異常には気がつかないだろうという話でした」

「毒茸から抽出した毒物ですか」

磐音は初めて耳にすることだった。

「若先生から茸の名を聞いたんだが、あちらの名前で、わっしには覚えきれねえや。書き止めようにも患者が何人も待っておりましてね、あんな騒ぎの中、よく若先生がわっしらの相手をしてくださいました」

と答えた竹蔵は、

「ともかく金三郎おかつ夫婦が心を許した人物で、あの家にいつでも出入りができる者、さらには毒物の知識を持つ者が殺しに関《かか》わっているとの推察だけはつきました」

と竹蔵が言った。そして、

「明日から木下の旦那の指図をいただいて、金三郎旦那の周りに恨《うら》みを抱いていた人物がいなかったかどうか。金に困っていた者はいないか、そいつが薬に詳しくねえか、わっしなりに調べます」

と縄張り内の殺しの探索の手順を磐音と柳次郎に告げた。

すでに月番の北町奉行所が着手している一件だ。竹蔵にとって今一つ力が入りきれない事態ではあったが、竹蔵なりに解決に執着をみせていた。

「親分、竹村の旦那が未だ地蔵蕎麦で寝ているようなら、即刻叩き起こして半欠け長屋に戻るように言ってくれませんか。それがし、この足で長屋に立ち寄り、勢津どのに安藤家下屋敷への奉公が決まったことと、引越しの一件を告げて屋敷に戻ります」

へえ、と畏まった竹蔵が、

「腹も空かせておいでてでしょうに、お二人をお待たせせし、申し訳ございません。うちはそこだ、温かい蕎麦でも召し上がって行かれませんか」

と竹蔵が二人を誘《いざな》った。

「いや、それがしもこの足で両国橋を渡ります」

「竹村の旦那にこれ以上付き合わされるのもかなわぬからな」

磐音と柳次郎もそれぞれに応じ、南割下水に出たところで三方向に分かれた。

磐音は、南割下水に沿って武家地を西に向かい、里の人々が御竹蔵とよぶ御米蔵の堀にぶつかったところで南に転じ、御米蔵と接した本所亀沢町《かめざわちょう》御用屋敷の塀に沿ってさらに西に向かった。するとその道は回向院《えこういん》の北側に出て、そこを過ぎれば馴染みの大川端だ。

両国東広小路の人込みの気配が、秋の涼気とともに押し寄せてきた。

家路を急ぐ職人衆や掛け取りから、お店《たな》に戻る番頭、使いに出された姉さんが赤子を負ぶってそれぞれの家路につく姿が見られ、東広小路でふらつく暇人もいた。

東広小路の見世物小屋は店仕舞いしていたが、常設の楊弓場《ようきゆうば》などはまだ灯りを灯して商いをしている刻限だ。

「尚武館の若先生」

と声をかけてきたのは「金的銀的《きんてきぎんてき》」の朝次《あさじ》親方だ。

「本所界隈からお戻りのところを見ると、品川柳次郎さんの屋敷か、飲んだくれの旦那の長屋を訪ねた帰りですかえ」

「朝次親方、大当たりにござる」

と知り合いに声を掛けられ、磐音は金的銀的の前で足を止めた。

灯りの入った矢場に客が二人いて娘らが相手をしていたが、どの顔にも見覚えがない。

「もはや亡くなったおかゝ、おきね時代の女は、たれ一人として残っちゃいませんや」

「おきねさんが亡くなって何年になろうか」

矢場荒らし一味と、意地と五十両の大金を賭《か》けて弓を取ったのはおきねだ。だが、相手のおかるの巧手に負けて金的銀的は大損した。

磐音は、両国橋で改めて五十両の剣勝負を挑み、朝次とおきねの損を取り戻した。だが、そのことを恨みに感じた矢場荒らしの一味に襲われ、おきねは命を落とすこととなった。

「もうすぐ七回忌でさ。月日が過ぎるのは早いものですね」

としみじみ磐音と朝次が言い交わし、

「おこんさんはお元気ですかえ。やや子が生まれるって話はまだですかえ」

と矢継ぎ早に訊いた。

「いたって壮健にしているが、やや子ができたという話は聞かぬな」

磐音は苦笑いして応えると、

「こたび、竹村武左衛門どのが刀を捨てることになった」

と武左衛門が大名家の門番に奉公することが決まったことを告げた。

「あの旦那、そんないい奉公先がございましたか。は、はあん、若先生と柳次郎さんが走り回って押し込んだね。尤《もっと》も、これで一件落着といくかどうかだ。二人して最後の最後まで苦労のかけられどうし朝次が小首を傾げて案じた。

「先のことを気にしても致し方ござらぬ。われらは竹村家の落ち着いた暮らしを望むだけじゃ」

「長女の早苗さんは尚武館に奉公したんですってね」

「いかにもさよう。こちらはすっかりうちに馴染んで働いており申す」

「竹村家は、おかみさんも子供らもしっかり者だ。主だけがいつまでもぼうふらみてえにふらふらしてますねえ」

笑みで応じた磐音は、辞去の挨拶をすると両国橋に向かった。その背に朝次の声がした。

「おこんさんに宜しくお伝えくだせえ。偶《たま》には橋を渡って本所深川に足を延ばしてくだせえとね」

「相分かった」

磐音は振り返ると軽く頭を下げた。

両国橋を東広小路から西広小路に渡ると、対岸よりもこちらのほうが人出が多かった。ちょうどお店も見世物小屋も店仕舞いの刻限だ。

磐音は立ち寄る気はなかったが、挨拶だけでもと、西広小路の一角、米沢町の角に分銅《ふんどう》看板を掲げる江戸両替商六百余軒を束ねる両替屋行司《ぎようじ》今津屋に向かって人込みを歩いていった。すると店先を掃き清める小僧の宮松《みやまつ》の姿があって、店の中から木下一郎太が老分《ろうぶん》番頭の由蔵《よしぞう》に見送られて出てきた。

「おや、佐々木様、深川からのお帰りですか」

目敏《めざと》くも磐音の姿を認めた由蔵が問うた。

頷いた磐音は一郎太を見た。

「笹塚様の使いで今津屋に参ったところです。過日は、私の出入りの屋敷の騒動の後始末に、上総、安房まで同道を願い、大いに助かりました」

と一郎太が丁寧に腰を折って頭を下げた。

「設楽小太郎どのの世襲はどうなりましたか」

「そのことで、明日にも尚武館をお訪ねしようと思っておりました。本日、御目付筋から、設楽家先代の病死届が正式に受理され、小太郎様が設楽家を継ぐことが決まった旨、連絡がありました」

設楽貞兼の酒乱に端を発した騒ぎで亡くなった貞兼は病死ではない。止めに入った家来の刃が不運にも死を招いたのだ。だが、貞兼の内儀が家来とともに屋敷から逐電したこともあって、

「主殺し」が成立し、嫡男小太郎は、逃げた家来と実母を討つ、「仇討《あだう》ち」を果たさないかぎり、設楽家の当主の座に就くことはできない仕儀に至った。

その小太郎を助けたのが一郎太と磐音だった。

「それはよかった」

「設楽家用人の話によりますと、速水左近様が御目付筋に働きかけられたのが功を奏したようで、かくも早いお家相続と嫡男世襲が決まりました」

「なによりでした」

「近々、設楽小太郎様が、速水家と尚武館にお礼言上に出向くそうです」

「尚武館はご放念くださるよう伝えてください」

「それはそれとして一つだけよい話がございます」

「ほう、なんでしょう」

「父御と母御を元服前に失った小太郎様ですが、自裁された母御のお彩様の妹御が小太郎様の面倒を見るために設楽家に奉公に入られるそうです。設楽家とお彩様の実家ともに、すべて事情を呑み込んでのことだそうです」

「おお、それはよい話です」

と磐音も即答し、十三歳の小太郎に亡き母親の実妹が仕えることは悪くないと思った。

店頭での立ち話だったが、一郎太と由蔵に、奏者番安藤家下屋敷の門番に竹村武左衛門が決まり、一家で半欠け長屋から引越すことが決まったことを報告した。二人もさんざん迷惑をかけられていたからだ。

「こちらも嬉しい話ではございませんか」

由蔵が頷き、

「これで佐々木様方も、あの御仁に煩わされることが減りましょう」

と言った。

「まあ、そう願うておりますが、当人以外たれもが一抹の不安を抱えての奉公にございます」

「お人柄は悪くないのですがな、なにしろお酒にお弱い」

と答えた由蔵が、

「佐々木様がこの話に一枚噛《か》まれたということは、安藤信成様の出世に佐々木様が付き合わされるということです」

とさすがは幕閣の人事にも詳しい由蔵が、奉公話の背後に隠された思惑を看破した。

「それがし、全くそのような気もございませんし、まして力もございません」

「佐々木様にその気があろうとなかろうと、尚武館に縁のある速水様方のお力が、勝手に動き出しますでな、これもまた尚武館の後継の宿命《さだめ》と諦めてくださいまし」

磐音は思わず溜息をついた。

尚武館に戻ってみると、母屋の台所が賑やかで、離れ屋は真っ暗だった。そこで台所に顔を出してみると、住み込み門弟の利次郎らが夕餉の膳の前に座ったところだった。

「遅いのではないか」

磐音はその場にいたおこんに問うた。

「養父上《ちちうえ》は速水邸に呼ばれておられまして、利次郎さんたちの夕稽古がいつもより遅く終わったせいもあり、この時分になりました。ご膳はまだのようですね」

「騒ぎに巻き込まれて、品川さんもそれがしも食いはぐれた。養母上《ははうえ》やそなたはどうなされた」

「先に食しましてございます」

おこんがすまなそうな顔をして、

「ただ今離れ屋に膳部を仕度いたします」

と言った。

利次郎らの期待を込めた顔が磐音を見た。

「おこん、皆とともに食そうか。利次郎どのと膳を並べることも、しばらくできなくなるからな」

「ならばお酒をお付けいたしましょうか」

「わあっ」

と住み込み門弟の間から喜びの声が上がった。

「養父上の留守に恐縮じゃが、少し付けてもらおう」

「われらも若先生に相談がございます。いえ、お手間は取らせません」

田丸輝信が言った。頷き返した磐音におこんが、

「お着替えなされませ。その間に用意いたします」

と言った。

「早苗どのは母屋か」

「ただ今、養母上に縫《ぬ》い物を習うておいでです」

「行灯の灯りでは目も疲れよう。ほどほどになさるよう、そなたから言うてくれ」

と言い残して磬音は離れ屋に戻った。

乱れ箱に仕度されていた普段着に着替え、母屋の台所に戻ると早苗もいて、おこんと霧子の三人で酒の燗《かん》をつけたり、磬音の膳の仕度をしたりと忙《せわ》しげに立ち働いていた。

膳の上は秋鯖《あきさば》の焼き物、里芋、昆布、むかごの煮物、尚武館名物のてんこもりの古漬けと浅蜊《あさり》の味噌汁だった。

「早苗どの、父御の安藤家奉公が決まった」

との磬音の言葉にはっとした早苗が、その場に正座して、

「お心遣い有難うございました」

と額を床に擦り付けて礼を述べた。

「こちらに参られよ。承知の話だけを伝えておこう」

早苗が緊張の面持ちで磬音の向かい側に座った。未だ磬音の膳だけが用意され

ていなかった。

「そなたらは先に、酒を飲むなり、箸をとるなりいたせ」

と磐音は利次郎らに命じた。そうしておいて早苗と膳を運んできたおこんにその日の出来事を告げた。

「若先生、おこん様、父は幸せ者にございます。若先生や品川様が親身に世話をしてくださるのですから」

早苗の眼が潤んでいた。

「よき話かどうかはこれから定まろう」

「いえ、これほどのいい話はございません。十日ごとの店賃を払うのに苦労なさっていた母にとり、その悩みがなくなっただけでも、どれほどほっとしておられるか」

早苗の表情にも安堵があった。

「まさか、殿様と対面なされようとは考えもしませんでした」

おこんが話を変えた。

「折りよく安藤信成様が下屋敷を訪れておられて、お言葉を頂戴いたした。まず早苗どのが言うように、雨風を凌《しの》げるお長屋が備わっていることが、竹村家にとって一番よきことかな」

「若先生、大名家のお長屋暮らしは、そう喜ばしいことばかりではありませんよ」

と土佐藩山内家の江戸屋敷に生まれ育った利次郎が、燗の付いた徳利を提げて磐音らの傍らに来て、

「若先生、まず一献」

と勧めた。磐音は盃に酒を受けながら、

「利次郎どの、それがしも大名家の屋敷暮らしを知らぬわけではない。だが、そなたが育ったのも、それがしが勤番時代に住み暮らしたのも上屋敷であった。小梅村の下屋敷は、滅多に殿様や重臣方のお姿を近くに見ることはない、長閑なものだ。緑と水が多く、ほっといたす閑静なところじゃぞ」

「そうでした。江戸城近くの上屋敷と下屋敷とでは、様子が全然違いましょうね」

と得心した体《てい》の利次郎が、

「早苗さん、よかったな」

と言いかけた。

「皆様にまでわが家の貧乏暮らしを気にかけていただき、恐縮にございます。あとは父がしっかりとご奉公することを祈るだけです」

磐音も早苗の言葉に頷き、利次郎が注《つ》いでくれた酒をしみじみと味わった。

「引越しが数日中に行われよう。その折りは、おこん、早苗どのが手伝いにいってもよかろうな」

磐音はおこんに言った。慌てたのは早苗だ。

「いえ、うちは家財道具などございませんし、手だけは余っております」

早苗は尚武館の奉公を休むことを気にかけた。

「いえ、あなたは長女、勢津様の相談相手になって引越しを手伝っていらっしゃい。お長屋を見るよい機会です」

おこんが、早苗が本所に戻ることを命じた。

「われらも手伝いに参りましょうか」

能天気に利次郎も言い出した。

「そなたらはそなたらの本分を尽くされよ。第一、利次郎どのには旅が待っておろう。尚武館を引き払い、いつ屋敷に戻られるな」

「明後日の宴《うたげ》の後に、仕方なくも窮屈な屋敷に戻ります」

「利次郎どの、竹村家の引越しとそなたの旅立ちはほぼ同じ頃じゃ。呑気《のんき》に他人《ひと》様の引越しを手伝っておる暇はあるまい」

「はあ、そうでした」

と応ずる利次郎に、

「ほれ、そなたが箸を付けねば、たれもが膳を前にして喉《のど》を鳴らしておろう」

「若先生、夕餉の後に相談がございますからね」

と念を押して自分の膳に戻っていった。

秋の夜長、尚武館にまつわる竹村家と重富利次郎の身に、ささやかな変化が起こっていた。

四

とうとう、でぶ軍鶏こと重富利次郎の最後の稽古の朝がやってきた。

朝稽古を早めに切り上げて若手だけで行う定期戦をこの日は中止とし、これら二十六人に、志願する通いの門弟を加えて、

「重富利次郎壮行勝ち抜き試合」

を格別に行うことになった。

参加者は六十余人に及んだ。それを四組に分けて勝ち抜き戦を行い、各組勝ち残った四人を一組にして、さらなる上位十六傑勝ち抜き一回戦を行った。

重富利次郎は八人の中に残った。さらに若手組から勝ち残った者が二人いた。霧子と曽我《そが》慶一郎《けいいちろう》だ。

慶一郎は若手組の中で行う定期戦の勝者になったほど、近頃急に力を付けてきたため先輩方の間にもその名は知られ、今回の壮行試合に勝ち上がったとしても不思議ではない。

だが、女子の霧子が八人の中に勝ち上がったのは、尚武館の古い門弟、さらには見物衆に驚きを与えた。

「なんと、女が八人の中におるぞ」

「いや、霧子は毎朝厳しい稽古を積んできたのだ。勝ち残っても不思議ではない」

「だが、尚武館の門弟は入門のときから一騎当千の兵《つわもの》ばかり、技と力を兼ね備えた男の中でようも勝ち残ったな」

「女ゆえつい油断したのではないか」

とひそひそと言い合う声があちらこちらから聞こえた。

この日、見所《けんぞ》には、剣友の速水左近や佐々木道場でかつて学んだ先輩諸氏が大勢いた。また設楽小太郎も尚武館に初めて姿を見せ、大勢の門弟衆が打ち合い稽古する様子や、年少組の速水右近《うこん》らが依田鐘《かね》四郎《しろう》や磐音から指導を受ける光景を熱心に見物した。

勝ち残った内、若手組を除く五人は、利次郎ら若手が入門したより五年から十年ほど早くから尚武館に学んできた面々だ。

旗本家嫡男倉橋伝蔵《くらはしでんぞう》（二十八歳）、旗本大谷左京太夫《おおたにさきょうだゆう》家臣水野《みずの》総助《そうすけ》（三十一歳）、三河西尾《みかわにしお》藩家臣長瀬《ながせ》監物《けんもつ》（三十三歳）、讃岐高松藩家臣相馬《そうま》茂樹《しげき》（二十七歳）、そして、御家人宮川藤四郎《みやがわとうしろう》（二十七歳）だ。

磐音と鐘四郎らが組み合わせを考えて発表した。

倉橋に対して霧子、水野に対して曽我慶一郎、相馬に対して重富利次郎、最後に長瀬対宮川が対戦することになった。

一組、霧子は倉橋に緒戦こそ善戦したが、さすがは尚武館佐々木道場に十六の春から通って研鑽してきた倉橋の敵ではなかった。敏捷《びんしょう》な動きで短い竹刀を操る霧子を壁際まで追い込んでおいて、出てくるところを小手に鮮やかに巻き落とした。

　二組、水野総助は老練な剣術家で、力を付けてきた若手とはいえ、さすがに慶一郎の技は通用せず完敗した。

　三組、大番狂わせがあった。

　相馬が果敢に攻め込むところ、利次郎は押し込まれた。だが、慌てることなく一打一打丁寧に返し、反撃の機会を窺い、相馬のわずかな隙《すき》を突いて飛び込み、面を決めて勝ち上がったのだ。

　道場内の見物衆から、

「わあっ」

　と歓声が起こった。

　四組、長瀬の巧妙な竹刀捌きを掻《か》い潜《くぐ》った宮川が、ずしりと重い胴を決めて最後の勝者になった。

「おい、でぶ軍鶏が四人に残ったぞ」

「あやつの壮行試合ゆえ、相馬どのが勝ちを譲られたのではないか」

「それは見所におられる大先生、審判の若先生が許されまい」

「となるとでぶ軍鶏め、力を付けたかのう」

「松平辰平が武者修行に出て以来、あやつの目付きが変わったからな」

と見物の門弟らが口さがない話をするところに、二組の対戦が依田鐘四郎から発表された。

一組、倉橋伝蔵対重富利次郎。

二組、水野総助対宮川藤四郎。

最近利次郎が地力を付けたことはだれしも認めるところだが、倉橋の多彩にして切れのよい竹刀捌きに翻弄された利次郎は、捨て身の面打ちに出るところを鮮やかな胴に切り返されて横に吹っ飛び、片膝を突いて、

「参りました」

と自ら敗北を認めた。

水野と宮川の戦いは、壮絶な打ち合いになった。

審判の磬音も息が抜けぬほど互いが攻め合い、最後に半歩ほど踏み込みが勝った宮川藤四郎の攻めが競り勝った。

決勝は二十八歳の倉橋と二十七歳の宮川、ほぼ同年齢の門弟同士の試合となった。それだけに二人して激しい闘志を胸に秘めて試合に臨み、水野と宮川戦以上の攻防戦となり、見物の衆も息を呑んで見守った。

磐音は、竹刀を合わせたまま膠着《こうちやく》状態に落ちたとき、両者を下がらせ、息を整えさせた。そして、仕切り直しの宣告をした。

両者の意気は盛んだが、六十余人から勝ち上がった試合に体力が消耗していた。

そのことを倉橋も宮川も承知していた。

相正眼に睨み合った両者は、間合い一間から同時に仕掛けた。

倉橋の面に対して宮川は小手に巻き落とそうとした。

竹刀の二つの打撃音が重なったが、磐音は即座に、

「面打ち、倉橋伝蔵どのの勝ちにござる」

と宣告した。その宣告と同時に宮川藤四郎が、

がくん

と膝を床に落とした。

壮行試合の余韻に、尚武館にざわめきが広がった。

「倉橋伝蔵どの、宮川藤四郎どの、勝負は一瞬の差、踏み込みの勢いの差にござった。勝ち負けをそれがし、宣言いたしたが、お互いの力は五分にござろう。両者とも地道に稽古研鑽なされた結果にござる。向後も稽古精進なされて、さらなる剣の高みに到達されんことを望みます」

磐音の言葉を倉橋伝蔵と宮川藤四郎が緊張の面持ちで聞き、

「若先生のお言葉、感激して聞き入りました。倉橋伝蔵、決して忘れませぬ」

「近頃、剣修行にいささか迷いが生じておりましたが、ただ今のお言葉に、宮川藤四郎、眠りから覚めた思いにございます」

と磐音に言葉を返して壮行試合は無事終わった。

「利次郎どの、力を残しておられるか」

磐音が利次郎に声をかけた。

「はっ、このために力を出し惜しみ、倉橋様の胴を貰いました」

「ほう、そなた、力を出し惜しみなされたか」

「いえ、若先生、冗談にございます。倉橋様の胴打ち、百年の長がございます」

利次郎が先輩の攻めの巧みさを認めた。

「今度は一転、謙虚な言葉かな。よろしい、予《かね》てよりの頼み行おうか」

磐音の言葉に利次郎の顔がさあっと緊張し、その場に正座すると、

「お願い申します」

と磐音に頭を下げた。見物の衆や門弟らが道場から退室しようとして、

「なにが始まるか」

とまた腰を下ろした。

利次郎は道場から下がると、過日、柳原土手で磐音とおこんが買い与えた道中着に着替え、大小を差して再び姿を見せた。

磐音はそれを見ると、井筒遼次郎に命じて愛用の備前包平《かねひら》と脇差を持ち運ばせ、稽古着の帯に差した。

「うーむ、若先生も利次郎も、真剣を腰にして型稽古を指導なさる気か」

「いや、でぶ軍鶏の緊張し切った顔を見たか。尋常ではないぞ」

「まさか真剣での稽古ではあるまい」

ざわついた尚武館に再び静寂が戻ってきた。

磐音が見所に一礼し、

「壮行試合の最後に、真剣での稽古を催すことお許しください」

「真剣での稽古とな」

玲圓が磐音の言葉に応じた。

「重富利次郎どのより、こたび土佐高知に下向いたすに際し、真剣での斬り合いの呼吸を教えてくだされと再三願われておりました。幕府開闢《かいびゃく》より百七十余年、有難いことに平穏無事な日々を迎えております。ためにわれら武士、腰の一剣を抜くこと滅多にございませぬ。終生剣を抜く機会なく生涯を終わられる武士もおられましょう。さりながら、いかなるときも武士が表芸たる剣での戦いを想定して大事に備えることは、本分、務めにございましょう。重富利次郎どのの願いよし、と愚考いたしました。真剣での稽古お許しください」

「相分かった」

玲圓が許しを与えると、場内に静かなどよめきがさざ波のように起こった。

尚武館でも真剣での稽古がないわけではない。だが、一定の技量を得た者同士の型稽古か、独りで抜き打つ稽古に限られた。

まず異例と言えた。

利次郎は父百太郎との道中でまさかの場合に備えて、真剣勝負での戦いのこつを得たいと願っていたのだ。

磐音は利次郎に向き合った。

「利次郎どの。基本は、竹刀での稽古も木刀での打ち合いも真剣にても変わりはせぬ。戦いを制するは、機と間と存ずる。だが、普段から腰にありながら滅多に抜かぬ真剣となると、要らざる緊張を招いて、それがために後《おく》れをとることがまございざる。そなたが旅に際して真剣の稽古をなしたいと考えられたのは、真《まこと》に時《じ》宜《ぎ》を得たことかと思う」

「はい」

利次郎は大小を腰に差しただけでいつもより高揚し、真剣での稽古にいささかの恐怖も抱いていた。

「差料《さしりょう》がいつもと違うようじゃな」

「そなたの差料ではまさかの場合、相手の一撃で曲がってしまおうと父が言い、伝来の堀川国広《ほりかわくにひろ》をお貸しくださいました」

「堀川国広は慶長鍛《う》ちの名作、刃渡りはいかに」

「二尺三寸七分にございます」

「以前遣いしものとの長短は」

「三分ほど長い二尺四寸にございました」

「ほぼ同じ長さじゃな。腰に差したときの据わり具合はいかがか」

「はっ、こちらが断然ようございます。なにしろそれがし部屋住みの身分、刀の形をしておればよい程度のものしか与えられておりませんでした」

と正直に答える利次郎の言葉に、見所に座して見物している父親の百太郎が、

「利次郎、余計なことをぬかしおって」

と呟いた。

「まず抜いてご覧なされ」

磐音の命に、利次郎がそろりと抜いて正眼に付けた。

「腰の国広に遠慮しておられる。それでは、刀に慣れておらぬと即座に相手に見破られよう。抜くときは、細心にして大胆迅速が肝要かと存ずる」

磐音が包平を抜き打ち、鞘に戻し、再び抜く動作を繰り返した。いかなる構えからも水に躍る若鮎《わかあゆ》の動きの如《ごと》く、滑らかにして遅滞がなかった。

「旅にては、旅籠《はたご》の裏庭、近くの寺社の境内をお借りして、国広を抜き打つ稽古を毎日なされよ」

「はい」

利次郎が磐音を真似て、鞘から剣を抜き、鞘に戻す動作を何度も繰り返した。

「父御と同道の旅、不意に敵が襲いきたと仮定いたそうか。それがしを敵と見立て、即座の対応をなされ」

磐音は利次郎から十間ほど離れ、再び利次郎に向かって歩き出した。

利次郎は父親を庇う体で前に出る仕草の後、磐音を見てそろりそろりと歩き出した。

間合いが一気に詰まった。

磐音が包平を抜いた。だが、それ以上の動きは止めた。

「うっ」

と身を竦ませた利次郎が、それでもそろりと国広を抜いた。

「利次郎どの、これが真実《まこと》のことならば、そなたの首は胴から離れておる。剣を抜くときは細心にして大胆迅速と申したな。だが、決して臆《おく》してもならず、焦ってもならぬ」

「はっ、はい」

磐音は何度も抜き打ちを繰り返させた。

「利次郎どの、次はそれがし、包平を振るうて本気で斬りかかる。それがしを斬り伏せる覚悟で国広をお遣いなされ。そうでなければ、真剣での稽古は意味をなさぬ。よろしいか」

「はっ」

「そなたが斬らねばそれがしが斬る！」

磐音の大音声が尚武館に響き、場内がぴりりと緊張した。

磐音が再び元の位置に戻った。

利次郎が腰の国広を落ち着け、前方の磐音を見た。

その瞬間、磐音が腰を沈めて走り出した。

利次郎も釣られて走り出した。

間合いが一気に詰まり、磐音の手が躍った。

利次郎も国広の柄《つか》に手をかけると一気に引き抜いた。そのとき、磐音の包平が利次郎の肩口へと迫っていた。

利次郎は弾いた、と思った。だが、反対に弾き飛ばされて国広の切っ先が横手に流れた。

次の瞬間、刃風が額を襲った。

(斬られた)

と利次郎は感じつつも、流れた切っ先を必死で引き戻そうとした。だが、五体に衝撃が走り、両膝が、
がくん
と落ちて道場の床に跪《ひざまず》いていた。そして、利次郎の額に寸止めの包平が止まっていた。

ぶるぶると利次郎の体に震えが走った。

すうっ

と包平が引き戻され、

「よいな、利次郎どの。国広を抜くときは細心にして大胆迅速にあれ。それが斬り合いの第一の鉄則にござる」

「はっ、はい」

と利次郎が国広を鞘に納めて磐音の前に畏まった。

「ふうっ」

と虚脱した空気が尚武館に流れた。

重富百太郎が、見所から飛び降りるように磐音のもとに駆け寄り、

「若先生、ようもうちの倅を一人前の武芸者に育てていただきました。若先生と真剣にて稽古する利次郎の姿を見て、それがし、改めて子の成長に驚きました」

「重富様、子は知らぬところですくすくと育つものです」

磐音が笑みで応じ、

「知らぬは親ばかりにございました。これで道中楽しみになりました」

と百太郎も満足げに笑った。

四半刻後、母屋に磐音が呼ばれた。

道場ではすでに利次郎の送別の宴の仕度が始まっていた。

玲圓の居間には速水左近、設楽小太郎と設楽家用人の三人がいた。

「磐音どの、設楽家の一件ではそなたの手を煩わせたな」

「速水様、小太郎どのの世襲が決まりしこと、木下どのよりお聞きしております。それもこれも速水様の迅速なお力添えのお蔭かと存じ、感謝の言葉もございませぬ」

「小太郎どのからもお礼の言葉を頂戴したが、幼い身でようも父上の仇を討たれた、天晴《あっぱ》れと、上様にも言上すべき手柄なれど、事情が事情、速やかなる小太郎どのの設楽家相続にて許されよ」

と速水が、表猿楽町の速水邸に設楽小太郎を迎え入れなかった事情を語った。

「速水様、佐々木大先生、若先生、数々のご助勢をいただき、設楽小太郎、お礼の言葉もございませぬ。小太郎、未だ非力ながら、旗本八万騎の一員として、上様守護と幕府のために全力を尽くす所存にございます」

「それでよい」

速水左近が満足げに言った。

「若先生、今一つお願いの儀がございます」

「なんでござるか」

「尚武館に入門して、皆様方の手解きを受けとうございます」

「そなたが見物なされたとおり、尚武館には速水様のご子息ら初心組がございましてな、依田元師範やそれがしが指導をしております。明日からでも尚武館にお通いなされ」

「はい」

上様側近の速水に礼を述べて大役を果たした小太郎が、ほっとした返答をした。

すると送別の宴が始まった道場から、賑やかな笑い声が響いてきた。

「それがし、こたびの土佐行きほど楽しみなものはございませぬ。これも偏に尚武館の」

百太郎の言葉を玲圓が、

「もうその先は申されますな」

と止めて、道場の笑い声に耳を傾けた。

秋の陽射しが、母屋から遠くに望める白桐に長閑にも落ちていた。

第五章　四番目の刺客

一

重富利次郎が父百太郎の供で土佐に旅立った翌々日、竹村武左衛門一家が半欠け長屋を出て、小梅村の磐城平藩安藤家の下屋敷に引越すことになった。

磐音は朝稽古《あさげいこ》を終えた後、おこんとともに神保《そ》小路を出た。手に提げた桶《おけ》では、敷かれた杉の葉の上で鯛が勢いよく頭と尾を反りかえらせていた。

早苗には前日から暇を取らせ、引越しの手伝いに帰していた。

「二羽の軍鶏《しやも》がいない尚武館はやはり寂しいな。辰平どのがわれらに同道して西国に旅立ち、そのまま武者修行を続け、こたびは利次郎どのが父上と土佐に向かわれた」

「辰平さんは今どちらを旅しておられるのでしょう」

「肥前《ひぜん》長崎から佐賀辺りを回り、筑前《ちくぜん》福岡黒田様の城下に立ち寄った頃合いかな」

肥後《ひご》熊本藩剣術指南の横田傳兵衛《よこたでんべえ》のもとで修行をなし、折紙《おりがみ》目録を得た辰平は勇躍、肥後から肥前路へと武者修行の旅へ立っていた。

「私たちは、これからも雛鳥《ひなどり》が巣立つのを何度も見送るのでしょうね」

「それがわれらの務め、尚武館の意味するところゆえな」

「ご承知ですか。霧子さんが、湯島天神から頂戴してきた御守札を利次郎さんに差し上げたことを」

「ほう、霧子がそのような細かい気遣いをなしたか」

「ただの気遣いだけにございましょうか」

うーむ、と磐音が隣を歩くおこんを見た。

「いえ、なんとなく、利次郎さんに想いを寄せておられるのではと思ったのです」

「利次郎どのはどうじゃ」

「さあ、こちらは旅立ちのことに頭がいっぱいで、霧子さんの胸中にまで想いを巡らせたかどうか」

「意外に霧子の気持ちを承知なのではないか。利次郎どのがそれがしとの猛稽古で自信を喪失した折り、谷底から這い上がる手伝いを親身にしたのは霧子だからな」

「そうだとよろしいのですが」

磐音とおこんは筋違橋御門下まで下ってきて、船着場を覗き込んだ。すると、すでに小吉《こきち》の猪牙舟が舳先を大川に向けて止まっていた。

磐音がおこんの身を案じ、昨日の内に船宿川清に願っておいたのだ。

「あら、舟で行くのですか」

「夏の疲れがどっと出る頃じゃ。偶には贅沢《ぜいたく》もよかろう」

磐音は片手に桶、もう一方の手でおこんを支えながら石段を下った。

「本日はなによりの引越し日和にございますね」

と小吉が磐音の手から桶を受け取りながら挨拶した。

「いかにも天高く馬肥ゆる秋の風情かな。青く澄み渡った空に、竹村さん一家が引越していく様が描かれているようじゃ」

磐音はおこんの手を取ったまま神田川から空を見上げた。おこんも片手で陽光

を遮《さえぎ》りながら、

「ほんに、竹村様が大きな荷を担いで一家を引き連れ、小梅村に向かわれているようですね」

と青空に浮かぶ千切れ雲を見上げた。

磐音はおこんを猪牙舟の胴の間に乗せ、杭に結ばれた舫いを解いた。

小吉が竿《さお》の先で石垣を突くと、土手の上から桜紅葉がはらはらと水面《みなも》に舞い落ちてきた。

竿から櫓《ろ》に替えられて猪牙舟が流れに乗ったとき、ぽつんとおこんが言った。

「利次郎さんは、今頃どこを歩いておられましょうか」

やはり利次郎の身が気になるとみえる。

「一夜目が程《ほど》ヶ谷《や》(保《ほ》土《ど》ケ谷《や》)宿か、戸塚《とつか》宿、二日目がうまくいけば小田原城下泊まり、とすると、この刻限は箱根八里に差しかかり、関所を通過された頃合いかな。蘆ノ湖の紅葉が綺麗であろうな」

「もはや箱根に参られましたか」

「旅慣れたお方なら今宵は三島宿じゃな」

おこんは神田川の水面から西空を見上げた。

風もなく、猪牙舟は流れに押されるように柳原土手下を通り過ぎ、浅草橋から柳橋に向かった。

「佐々木様、おこんさん、大川渡りですか」

と橋の上から声をかけられた。

二人が見上げると、お使い帰りか、今津屋の小僧の宮松が手を振っていた。

「あらあら」

とおこんが手を振り返し、

「帰りに寄りますよ」

と小さくなる宮松に叫び返した。

「磐音様、宮松さんのお仕着せの下から出た脛《すね》を見ましたか。日に日に大きくなって、一年に一度誂えるお仕着せの裾《すそ》が短くなり脛が丸出しです」

「おこん、そなたはもはや今津屋の奉公人ではないぞ。小僧さんのお仕着せの丈まで案じていては身が保《も》たぬ」

「そうでした。尚武館にも、利次郎さんに代わる若い門弟衆がたくさんおられますものね」

おこんと磐音の問答を微笑みながら聞いていた小吉が櫓を操りながら、

「おこんさん、お店から尚武館に移られて、もはやすっかり武家方のお内儀になられましたな」

「あら、そうかしら。もしそうだとしたら、うわべだけよ」

「いえね、宮松さんの丸出しの脛に気付くのも、尚武館の暮らしに慣れて気持ちに余裕が出てきた証拠《あかし》でさあ」

猪牙舟の舳先が振られて一気に大川に出た。両国橋を背にゆったりと新大橋のほうへと進んでいく。

天気のよいせいもあって、大川は荷足《にたり》舟、屋根船、商い舟、材木を組んだ筏《いかだ》と大小雑多な船が往来し、さすがの小吉も櫓に専念せざるをえない。

おこんが声を潜めて磐音に話しかけた。

「西の丸に出稽古に行かれると、表猿楽町の養父《ちち》から聞きましたが」

表猿楽町の養父とは速水左近のことだ。

おこんは尚武館に嫁入りする前、かたちばかりだが速水家の養女となり、武家娘として尚武館に入った経緯《いきさつ》があったため、速水左近を養父と呼んだ。

「速水様の命で西の丸に出向き、月に数度、家基様、近習衆に剣術指南をすることになった。ただの剣術指南ではない、気を張る命じゃ」

「西の丸様は、磐音様のご指導を喜ばれましょうね」

おこんは家基の江戸密行に同道していたから、家基を承知していた。

「西の丸には元師範の依田鐘四郎どのが奉公しておられる。剣術指導なら依田どのので十分じゃが、西の丸様相手にとても竹刀など構えられぬと師範が遠慮なさるゆえ、それがしに白羽の矢が立ったようだ」

と答えた磐音だが、速水左近らの要請は切迫していた。

英邁聡明な家基の十一代将軍位を阻止せんと動く田沼意次《おきつぐ》とその一派の策動が、さらに険しさを増したと考えた速水左近らが、磐音を直《じか》に西の丸に入れる理由を熟慮した末に思い付いたのが、

「剣術指南」

である。むろん、剣術指南の肩書で自由に西の丸を訪問する資格を得させて、田沼一派の攻撃の楯にしようという考えだった。だが、このことは、おこんにさえ口に出して言うべきことではなかった。

「初めての西の丸行きはいつですか」

「明日参ることになろう」

「衣服はいかがいたしましょうか」

「時服でよいと聞いておる。やはり継裃《つぎかみしも》かな」

「用意しておきます」

二人が話す間に猪牙舟は一気に大川を下って、竪川に入っていた。

磐音にもおこんにも馴染みの本所深川界隈、おこんはなんとなく気持ちが緩むのを感じた。

猪牙舟は一ッ目之橋から順に二ッ目、三ッ目と橋を潜《くぐ》り、横川へと曲がった。

北辻橋《きたつじ》、長崎橋を越えながら、磐音は、

（そうだ、鐘撞き役の金三郎とおかつ殺しの一件は解決の目処がついたか）

と非番月ながら縄張り内ということもあり、北町奉行所の定廻り同心と御用聞きに抗して探索を続けている筈の竹蔵親分のことを案じた。

横川を挟んで中之郷横川町の対岸、田代家と太田《おおた》隠岐守《おきのかみ》の武家屋敷の間に百姓地が残され、その百姓地の間を狭い北割下水が東に向かっていた。

小吉は土地の人間しか通らぬ水路を潜って、小梅村の寺町の間を抜ける本式の北割下水へと出た。四、五丁も進むと、磐城平藩安藤家五万石の下屋敷の西南の角に抜けた。

小吉は狭い水路を巧みに進み、安藤家下屋敷門前に猪牙舟を着けた。

「若先生、おこん様、わっしは舟でお待ちしております。竹村様におめでとうとお伝えくだせえ」

頷いた磐音は再び桶を提げておこんを従え、土手を上がった。すると目の前に表門があった。

「佐々木様、ようおいでなされました」

箒《ほうき》を手にした庭番の老爺《ろうや》が、磐音の顔を見覚えていて声をかけてきた。

「竹村武左衛門どのの一家はすでにお長屋に越してこられましたか」

「ただ今より半刻（一時間）も前に、家財道具を大八車《だいはちぐるま》に積んで賑やかにこられましたよ。これでうちも活気が出ることでしょう」

下屋敷のことだ。子供の声など久しく響かなかったところへ、早苗を加えて四人の子持ちの竹村一家が引越してきたのだ。

「宜しくお付き合いのほど、それがしからもお願い申します」

と庭番に頭を下げる磐音におこんも倣った。

「竹村一家のお長屋はこちらじゃ」

と門の左側のお長屋に磐音は導いた。するとお長屋から戸前に用人の猿渡孝兵衛が不意に姿を見せた。

「おお、佐々木どの、参られたか」

「本日より奉公が始まります。猿渡様、くれぐれも宜しくお願い申し上げます」

磐音は腰を深々と折り、猿渡に竹村武左衛門のことを願った。

「殿も承知のことゆえ、よほどの失態を犯さぬかぎり奉公は続けられよう。佐々木どの、案じ召さるな」

と鷹揚にも答えた猿渡がおこんを見て、

「佐々木どの、こちら様は」

とおこんを眩《まぶ》しげに見た。

「それがしの女房にございます」

「なんと、佐々木どののお内儀どのにござるか。わが上屋敷にも、これほどの美形はおりませんぞ」

「恐れ入ります。佐々木磐音の家内こんにございます」

とおこんが会釈をして挨拶した。

「どうじゃ、ご用人。なかなかの女子《おなご》であろうが。なにしろ両替屋行司今津屋の奥向きを一手に引き受けた女性《にょしょう》でな、このとおりの天下の美形。今小町と評判をとったおこんさんだ」

いきなり襷掛けを勇ましくなした髭面《ひげづら》の武左衛門が姿を見せて、声を張り上げた。

「竹村さん、ここは南割下水の長屋ではござらぬ。安藤様のお屋敷、そう喚くものではござらぬ」

磐音の注意に、

「若先生、そなたの女房を売り込んだまでじゃ。褒められるどころかお小言か」

と武左衛門が言い、磐音が提げた鯛を目敏く見て、

「おっ、引越し祝いに鯛か。これでこうちくとやると敵わぬな」

と親指と人差し指で猪口を持つかたちにして、口に持っていった。

「父上」

早苗の厳しい声がして、磐音とおこんを見ると、

「ご丁寧にも引越し祝いに来ていただいたご様子、恐縮にございます」

と緊張の表情で腰を折って挨拶した。それを見た猿渡が、

「この一家、確かに主《あるじ》は頼りないが、その分、妻子と周りがしっかりしておるわ」

「でござろう。それもこれも、それがしの人徳にござってな」

と武左衛門が胸を張った。

「父上、調子に乗りすぎておられます。未だ品川様は中でお手伝いをなさっておられます。父上がこのようなことでは失礼千万にございます」

再び早苗の険しくも注意をする声が響いて、

「尚武館に奉公に出したのは間違いであったわ。これでは勢津をもう一人拵えたようなものではないか」

とぼやきながら武左衛門がお長屋に戻った。

「用人様、厳しく注意いたしますので、本日のところはお許しを」

「早苗どの、そなた、よいところに奉公なされたの。あの親父どのを見習うより尚武館の若先生に躾《しつ》けられたほうが、先々よきところに嫁にも行かれようからな」

と猿渡が言い残すと玄関へと向かった。

「早苗さん、お手伝いしましょう」

おこんが用意の手拭いを出して姉さん被りをしようとすると、早苗が、

「おこん様、父にはああ申しましたが、品川様のお手伝いもあって引越しは早済んでおります。家財道具と申しても、夜具に台所の鍋釜《なべかま》、それに着のみ着のまま

同然の衣類ですからあっという間でございました」

と笑みを浮かべた。

「お長屋は前と比べて広いの、狭いの」

「おこん様、断然広うございます。畳座敷が二つに広い板の間付き、これまでのお長屋の三倍はございます。ささっ、どうぞ」

とにっこり笑った早苗が磐音とおこんを招じ入れた。すると柳次郎が襷掛けで台所に棚を吊《つ》っていた。

「品川さん、手伝いもせず申し訳ない」

磐音が頭を下げると柳次郎が、

「若先生、武左衛門の旦那さえいなければとっくに片付いているのですがね、体を動かさぬ代わりにあれこれと口出しばかりで捗《はかど》りません。それでも、大方片付きました」

と畳替えしたばかりの座敷を手で示した。

「おお、綺麗に片付きましたな」

奥から勢津が姿を見せて、

「佐々木様、おこん様、お蔭さまで安住の地を見付けることができました。半欠け長屋が狭いというのではございません。また住み心地がどうのと文句を付ける資格もございません。武左衛門も私も一応は武家屋敷育ちゆえ、門を潜った瞬間に、ほっと胸に安堵の気持ちが広がりましてございます」

とにこにこ笑った。

「勢津、若先生が引越し祝いの鯛を持参なされた。井戸端で鱗《うろこ》を取って三枚に下ろし、半身は造りに、残りは塩を振って焼き物に、頭と骨は吸い物にして引越し祝いの酒をちくと飲もうではないか」

貰わぬ先から武左衛門が手配りをした。

「これ、おまえ様」

「父上」

勢津と早苗が同時に叫び、武左衛門が首を竦めるのへ磐音が、

「後手に回りましたな」

と鯛を差し出し、おこんが奉書紙に包んだ祝い金を勢津の前に差し出した。

「佐々木様、おこん様。なにからなにまでお心遣いをいただきまして有難うございます」

「品川さんと竹村さんはそれがしの無二の友、相身互いにございます」

「見ろ、勢津。友の間で礼の言葉などは水臭いわ、無用のものよ。われら、心が通じておるでな」

「われらは気持ちを伝えたつもりじゃが、なかなか相手から戻ってこぬ」

と柳次郎がぼやきながら襷の紐を解《ほど》いた。

「相手とはたれのことか、柳次郎」

「これだ」

「品川様、うちの人を相手にしていても埒《らち》が明きませぬ。ささっ、佐々木様、おこん様、お上がりくださいませ」

と勢津が二人を招じ上げようとした。そこへ、

「こちらですかえ」

と角樽を提げた地蔵の親分が、手下に蕎麦《そば》せいろを重ねたものを持たせて姿を見せた。

「おおっ、これは地蔵の親分どのか。さすがは蕎麦屋だけに、引越し祝いの蕎麦と酒とは気が利いておるのう」

「旦那は鼻だけは人一倍利きますな」

「それがしが、若先生からの頂き物の鯛を始末しよう」

と手拭いで捩り鉢巻きしようとした。

「旦那、始末なんぞはやめてください。鯛が可哀想《かわいそう》だ。蕎麦屋でございますが、わっしが捌きましょうか」

と竹蔵が角樽から鯛の桶に持ち替えた。

二

鯛のお造りに蕎麦、酒での引越し祝いの宴《うたげ》の最中、突然雷を伴った大雨が降り出した。

磐音は船頭の小吉も呼んで雨が上がるのを待った。

雨の最中も茶碗酒を飲み続けた竹村武左衛門がいつものように酔い、眠ったところでお開きになった。

その時分には雷雨は去り、爽《さわ》やかな光が戻っていた。

安藤家下屋敷前の運河の土手に柿の木があり、大振りの柿と色付いた葉が雨上がりの光に照らされて鮮やかだった。

「かような光景を照葉《てりは》と呼ぶのであろうな。雨のせいで一段と美しい」

「照葉ですか。未だ葉に玉の露が乗っております」

小吉が猪牙舟の船底に溜《た》まった水を掻い出す間に、磐音とおこんは柿の実と葉が光に照り輝く光景に目を留めて話し合った。

「若先生、仕度ができましたぜ」

と小吉が猪牙舟から呼び、磐音はおこんと早苗を舟まで見送った。

小梅村から舟で先行して、おこんと早苗は今津屋に立ち寄り、尚武館に帰るのだ。

磐音が女二人に同道しなかったわけは、竹蔵親分の、

「ちょいとご報告が」

という言葉にあった。そこでおこんらを見送った磐音と柳次郎は、竹蔵親分に同道して徒歩で法恩寺橋に向かうことにした。

雨上がりの小梅村全体が照り輝いていた。

「先日、お二人に同道いただいた鐘撞き役の金三郎、おかつの毒殺騒ぎの一件ですがね。北町奉行所が、もう一人の鐘撞き役、相生の唐右衛門《とうえもん》の旦那をお縄にいたしました」

「先を越されたか」

柳次郎が残念そうな顔で訊いた。

「いえ、まあ、木下の旦那のお知恵も拝借して、目処はおぼろげに立ったんです。その上で旦那に相談申し上げて、北町にこちらの調べを旦那の口から伝えてもらったんでございますよ」

「なにっ、手柄を譲られたのか」

柳次郎が驚きの声で問うた。

「譲ったといえばそうなりますか。ですが、北だ南だ、という話でもございませんでね、月番のあちらの顔を立てたってことです」

と鷹揚な返答が竹蔵から返ってきた。

「それでも縄張り内のことでございます、いくら非番でもわっしが知らぬ振りはできませんや。そこであのようにお二人に同道願って、金三郎方に駆け付けたってわけです。あの翌日からわっしは探索を始めました。鐘撞き役というのは、本所、深川界隈の武家方、寺社方、町方、御年貢町屋に分担して納めた鐘撞き銭を保管するお役目もございます。鐘撞き銭とは申せ、その額は馬鹿にはなりません。毎年のことですから繰越金もあって、万が一の場合に備えます」

「地蔵の親分、殺しに鐘撞き銭が絡《から》んでいたというのか」

柳次郎の問いに竹蔵が頷いた。

「わっしの耳にも、相生の唐右衛門の旦那の博奕《ばくち》好きの噂が入っておりましたしね。なんとなく唐右衛門の周辺から探り始めたんで。すると博奕に入れ込んでだいぶ賭場に借りがあり、胴元から矢の催促を受けていることが判明いたしました。そこでわっしは鐘撞き屋敷の町役の旦那方に願って、鐘撞き役が保管する鐘撞き銭を改めてもらいました。すると本来二百五十余両なければならないものが百両ほど不足しておりましてね、相生の唐右衛門を鐘撞き屋敷に呼んで問い質しますと、真っ青な顔をしながらも、死んだ金三郎さんが使い込んだの一点張りでございましてね。そこでさらに探索を進めますと、唐右衛門の博奕仲間に柳原町の薬種問屋の番頭宇兵衛《うへえ》がいて、唐右衛門と親しいということが分かりました。それに、例の空の薬包にわずかに付着していた、南蛮渡来の毒茸から取り出した毒薬、こいつを服用すると半刻（一時間）から遅くとも一刻（二時間）で猛烈な吐き気や痙攣《けいれん》が襲い、死に至るということが分かりました。わっしは宇兵衛を密かに呼び出し、おまえさんから唐右衛門に毒薬が流れているということの調べは付いているんだ、白状しねえとえらいことになるぜ、とカマをかけて脅しますと、唐右衛門が鐘撞き堂に巣食う鼠《ねずみ》を殺すためというんで渡したとあっさり喋《しゃべ》りましてね。

その段階で木下の旦那に相談して、北町に下駄を預けたってわけです。ただ今、北町が唐右衛門を厳しく調べてますんで、仔細はいずれ判明しましょう。まあ、百両を使い込んだことを金三郎に知られ、詰問された唐右衛門が、宇兵衛から譲り受けた薬を風邪薬に混ぜて言葉巧みに飲ませたことに間違いございますまい」

「親分、風邪を引いていた金三郎が、毒薬を混ぜた風邪薬を飲んだとしても不思議ではない。だが、どうしておかつまで毒薬を飲まされる羽目になったんだ」

柳次郎が問うたとき、法恩寺の長い塀沿いの道を通り過ぎ、前方に地蔵蕎麦の看板と法恩寺橋が見えていた。

「それですかえ。金三郎旦那の看病をしていたおかつにも風邪が移っていたそうでしてね、夕餉を食べた後に夫婦二人して唐右衛門が掏《す》り替えた薬を飲んだ、あるいは飲まされたと思われます」

「薬を飲ませた後も、唐右衛門は金三郎の家にいたのであろうか」

「どうもそのようです。わっしが思うに、塗炭《とたん》の苦しみに悶《もだ》える夫婦の様子を見ながら、唐右衛門は後片付けをした様子です」

「なんと冷酷な唐右衛門ではないか。見たところ大人しそうな人物であったがな」

へえ、と答えた竹蔵が、

「人は見かけによりませんや。唐右衛門め、二人が悶え死にしたのを見て、なにを思ったか、毒薬を混ぜていた薬包を、金三郎がいつも行うように元どおりに折り戻し、長火鉢の引出しに空の薬包に加えて残してしまった。自信の表れか、小細工が過ぎましたね」

と言った。

「親分、鐘撞き役が一挙に二人もいなくなって、本所深川界隈に支障はないのか」

「鐘撞きの番人はおりますし、当分の間、鐘撞き屋敷の旦那方が交替でその役を務めることになりましょうね」

柳次郎の問いに竹蔵が答え、

「どうです、えらい話をお聞かせ申しました。験直《げんなお》しにうちで一杯飲んでいかれませんかえ」

と磐音と柳次郎を誘った。

「親分、気持ちだけ頂戴しよう。今から橋を渡れば、おこんと早苗どのがまだ今津屋にいよう」

磐音が答え、柳次郎も、

「引越していささか草臥《くたび》れた。それがしも、湯屋が開いている内に屋敷に戻りたい」

と二人は竹蔵親分一行と地蔵蕎麦の前で別れ、法恩寺橋を渡った。

「吉岡町に竹村さんがいないとなると、なんとなく寂しいものですね」

「私は、少しでも旦那の住まいが遠くなって清々しています」

と柳次郎が心にもないことを答えて、二人は吉岡町の辻で左右に分かれた。


「あれ、意外に早いお戻りでしたな。親分の御用ならば遅くなりましょうとおこんさんも言っておられたが」

と帳場格子から立ち上がった老分番頭の由蔵が、店先に入ってきた磐音を見て言った。

「おこんと早苗どのがお邪魔しておりますか」

「それが、ご挨拶だけで早々に神保小路に戻っていかれました」

「なんとな、急いできたのに遅かったか」

「いえね、早苗さんが家の都合で二日ほど尚武館を休んだからと少しでも早く戻りたい様子で、おこんさんもそれに付き合ったのですよ」

「ならばそれがしも後を追いかけます」

「佐々木様、いささかお話がございます。もう店仕舞いの刻限、ちとお暇《いとま》を頂戴できませぬか」

磐音は由蔵の顔色が真剣なことに気付き、頷いた。

「奥に通られますか」

「いや、老分どのの定席にて待ちましょう」

磐音は、今津屋の店の隅から格子戸を開いて奥へと通じる三和土《たたき》廊下に入った。

すると暗い三和土の隅から虫の声が儚《はかな》げに響いてきた。

台所では女衆《おんなし》が夕餉の仕度の真っ最中で、

「あら、おこんさんが帰られたと思ったら、今度は若先生が参られたよ」

台所を仕切るおつねが磐音に言いかけた。いくつもの竈に火が入っているので、額に汗が光っている。

「夫婦して交替で邪魔をして恐縮にござる」

「そんな意味じゃございませんよ。若先生、老分さんも奥の旦那様方も、お二人のおいでをいつも待っておられますよ」

「お言葉に甘えて暫時お邪魔いたす」

磐音は包平を腰から抜くと、台所の広々とした板の間に上がり、大黒柱の前に置かれた火鉢の傍らに腰を落ち着けた。するとすぐに由蔵が、

「店仕舞いが始まりましたでな、年寄りは裏にお引越しです」

と笑いかけ、

「引越しといえば、竹村武左衛門ご一家の引越しが無事済んだようで」

「はい。これで一家が落ち着かれるとよいのですが」

「早苗さんの顔に、安堵と一抹の不安が漂っているようにお見受けいたしましたな」

「竹村さんは長年の裏長屋暮らしにござれば、すぐに大名家下屋敷の日常を受け入れることができるかどうか」

「たれしも案ずるところではございますな。されどお子方もよいお歳、父親が落ち着かねば困ります」

と由蔵が答え、

「佐々木様、表猿楽町のお殿様からなんぞお話はございませぬかな。いえ、西の丸様の身辺についてでございますが」

磐音は由蔵の顔を見た。

広い板の間には二人だけで、大勢の女衆は必死で夕餉の仕度に追われていた。

「それがし、明日より西の丸に剣術指南に参ることが決まっております」

「やはり」

「なにか老分どののお耳に入りましたか」

「佐々木様に、田沼意次様の意を汲んだと思われる五人の刺客が放たれたことがございましたな」

「おこんと祝言《しゅうげん》を催す前のことでした」

田沼家の剣術指南伊坂秀誠《いさかひでもと》が一年をかけて西国を探し廻《まわ》り、磐音打倒の五人の武芸者を選び出した。

琉球《りゅうきゅう》古武術松村安神《まつむらあんじん》、タイ捨《しゃ》流河西《かさい》勝助義房《かつすけよしふさ》、平内《へいない》流久米《くめ》仁王蓬萊《じんのうほうらい》、独創二《どくそうに》天一《てんいち》流橘右馬介忠世《たちばなうまのすけただよ》、そして、薩摩《さつま》示現《じげん》流愛甲次太夫新輔《あいこうじだゆうしんすけ》の五名だった。

磐音は死闘激闘の末に久米、松村を、そして祝言の宵に尚武館にまで襲いきた河西勝助を斃していた。

残る二人、橘と愛甲は、時節を待てとの田沼一統の命に従い、江戸を一旦退《ひ》いていた。

「佐々木様、どうやら橘様と思われるお武家様が、田沼家の木挽町《こびきちょう》の屋敷に密かに戻ったということでございますよ」

「老分どの、橘右馬介どのだけですか」

「そのようです」

愛甲次太夫はなぜ江戸入りしなかったかと磐音は訝った。

「それがしが西の丸へ剣術指南に命じられたのは、橘どのが戻ってきたからであろうか」

磐音は自問した。すると由蔵がこくりと頷いた。

由蔵の情報の入手先はどこからかと、磐音は訝しんだ。

両替屋行司の今津屋には金銭に絡む情報が膨大に入ってきた。主に政《まつりごと》や商いに関する話だ。だが、武術家の江戸への出入りにまで由蔵の耳目が準備されているとは思えなかった。

「この話、どこからかとお疑いで」

「老分どのはそれがしの胸中がお読みになれるか」

「長いお付き合いでございますのでな」

「恐ろしいお方が今津屋を仕切っておられる」

「いえ、タネを明かせば実にあっけないものでしてな」

「タネがございますので」

「吉原《よしわら》会所の四郎兵衛《しろべえ》様のお使いが私のもとへ参られて、木挽町の田沼屋敷に橘様が呼び戻されたと尚武館の若先生に伝えてくれ、と申されましてな。会所が田沼屋敷を見張っているように、尚武館に田沼一派の目が光っているとも限らぬゆえ、この由蔵の口を経由する迂遠《うえん》な方法を四郎兵衛様が考えられたのでございますよ」

磐音は得心して四郎兵衛の親切に感謝した。それにしても吉原会所が燃やす執念と、それに費やす労力と金銭に驚嘆した。

「畏れながら家治様の死も近うございます。城中から聞こえてくる上様の話は老醜の沙汰のかぎり。もはや家基様の十一代就位は明日にあってもおかしくはございません」

磐音は由蔵の話に改めて緊張した。

「明日が最初の西の丸様への剣術指南の日です。それがしの剣術指南が橘右馬介どのの江戸入りに対する布石かどうか判明しましょう」

磐音はそう言うと、

「明日に備え、本日は奥へのご挨拶のみにて失礼いたします」

「さて、奥がそれで佐々木様を放免なされるかどうか。おこんさんに逃げられ、佐々木様にまでつれなくされると、旦那様とお内儀様ががっかりなされましょうな」

と由蔵が奥へ案内する体《てい》で立ち上がった。

今津屋を磐音が後にしたのは五つ（午後八時）過ぎのことであった。

結局一太郎《いちたろう》の成長ぶりを見ながら吉右衛門《きちえもん》と由蔵の相手をして、お佐紀《さき》のお酌で軽く酒を頂戴したのだ。

秋が深まったせいか、神田川から吹き上げてくる風が冷たく、微醺《びくん》を帯びた磐音の頬を心地好く撫でていった。

柳原土手にはまばらながら人の往来があった。

八辻原を過ぎて武家地に入ると急に人影が消えた。白い漆喰塀《しっくいべい》が連なる丹波篠《たんばささ》山《やま》藩青山家の上屋敷から越前大野《えちぜんおおの》藩土井家に移り、前方に豊後府内《ぶんごふない》藩松平家の前から下りくる道と合わさる三つ又が見えた。

月が雲間に隠れたか、影が三つ又を過《よ》ぎり、闇が覆った。すると闇の中に影が立った。

手に木刀を引っ下げていた。

磐音の目に、太く長い木刀が不気味に映った。

(愛甲次太夫か)

五人の刺客について磐音に最初告げ知らせてきたのは、三味線造りの鶴吉《つるきち》であった。その話から推測して愛甲は、壮年の武芸者と承知していた。

影は三十前と思えた。

磐音はゆっくりと影に歩み寄り、間合い十数間で止めた。もし愛甲次太夫一派ならば、その流儀薩摩示現流の間合いだ。

「それがし、この先の神保小路に戻る者、なんぞ御用か」

磐音の問いに答えは返ってこなかった。だが、鉄片を縫い込んだ鉢巻き、襷掛けに股立《ももだ》ちをとった武芸者は、木刀を胸の前に立てて意思を示した。

「尚武館佐々木磐音にござるが、遺恨あってのことか」

無言を貫く武芸者が、

「ふうっ」

と息を吐き、三つ又に流れる冷気を吸い尽くすように吸った。

磐音は三つ叉の空気が薄くなったことを感じた。

その直後、

「きええいっ！」

という奇声が夜空を圧して響き渡り、相手が磐音に向かって一気に走り出した。

間合いが一気に数間に縮まり、虚空高く相手が跳躍した。

磐音はよろめく体《てい》で左に体を流し、御家人岩佐《いわさ》家の閉ざされた門の軒下に身を寄せた。

薩摩示現流の特徴は、人の予想をはるかに超えた打撃と跳躍だ。

一撃目は空中から来ることが多いが、こたびもそうだった。

磐音は門の軒下に入ることであっさりと一撃目を避け、くるりと向きを変えた。

どさり

と磐音の視界に虚空から人が降ってきて膝を折り曲げると、着地の衝撃を和らげ、次の瞬間には低くした身を、

ぐいっ

と伸ばすや再び虚空に飛び上がって姿を消し、磐音の反撃を避けた。

磐音はただ相手の動きを見ていただけだ。

どこからともなく金木犀《きんもくせい》の香りが漂い流れてきた。

岩佐家の門の上にふわりと下りた木刀の武芸者の気配を感じた。

磐音は表猿楽町の三叉路《さんさろ》に向かい、岩佐家の門から塀伝いに走り出した。

雲間から再び月が姿を見せたか、山城淀《やましろよど》藩稲葉家の長い塀が青白く浮かびあがり、その塀に磐音を追って、塀上に木刀を構えて走る影が映った。

磐音は影を見つつ羽織の紐を解き、片手で脱ぐと虚空に投げた。

磐音が通りの真ん中に姿を曝したのはその直後だ。

「ちぇーすと！」

薩摩示現流独特の声が夜空に響き渡り、塀の上から磐音に向かって飛んでいた。

磐音は塀に映じる影を見つつ、腰を沈め、右手を腰の包平《かねひら》に差し伸ばしながら虚空に視線を転じていた。

木刀を構えた影が磐音に向かって雪崩れ落ちるその横手から、
ふわり
と羽織が落ちてきて、空中の刺客と磐音の間を塞いだ。

薩摩示現流の打撃は羽織をものともせず、磐音に向かって木刀を振るい落とした。だが、一瞬羽織で視界が塞がれた間を利して、磐音は微妙に位置を変えていた。
磐音の眼前に木刀が流れて、どさりと刺客が着地した。
包平が翻《ひるがえ》ったのはその瞬間だ。
打撃が避けられたのを感じた武芸者は、着地すると再び虚空に舞い戻ろうとした。その喉元を包平が一閃《いっせん》し、青い月光に血飛沫《ちしぶき》が、
ぱあっ
と散った。

三

翌朝の稽古を早めに切り上げた磐音は、母屋の湯殿で特別に沸かされた朝湯に入ると、おこんが用意した真新しい下帯に、長襦袢《ながじゅばん》、小袖《こそで》を着用し、佐々木家の家紋が入った継裃に身を包んだ。

母屋の仏間に入った磐音は、佐々木家の先祖の霊に本日よりの、

「西の丸出仕」

を報告すると、無事剣術指南が務まるように願った。

「若先生、お乗り物が参りました」

西の丸から差し回しの乗り物が尚武館に到着したことを告げる田丸輝信の声が、仏間に届いた。磐音は徒歩での出仕を願ったが、初日だけでも乗り物を差し向けるという西の丸老中の強い願いで押し切られた。

「ただ今参る」

仏間を出ると、おえいとおこんが顔を揃えていた。

「養母上《ははうえ》、おこん、行って参ります」

おえいが会釈を返した。頷き返した磐音は、備前包平を手に母屋から道場へと渡り廊下を渡った。磐音の背後にはおこんが見送りに従っていた。

養父玲圓とは、道場を引き下がるとき、会釈し合い、西の丸出仕の挨拶は終えていた。玲圓は磐音に代わり、大勢の門弟たちの指導を務めていた。

尚武館の外廊下を通って玄関に向かうと、式台前に西の丸から差し向けられた腰網代《こしあじろ》が横付けされていた。

磐音に寄せる西の丸の期待と敬意が、四人の陸尺《ろくしゃく》が担ぐ町奉行格の乗り物に表れていた。

玄関脇に跪《ひざまず》いたおこんは、道場から玲圓が姿を見せたのに驚きながら、

「磐音様、養父上《ちちうえ》がお見送りに」

と履物を履く磐音に知らせた。ゆっくりと振り向いた磐音に、

「頼む」

とだけ玲圓は短くも言葉をかけ、磐音は一言に込められた重さをしっかりと受け止め頭を下げた。

腰網代に乗った磐音は尚武館の門を出た。すると御簾《みす》の間から、季助爺と白山が訝しげな顔で乗り物を見送っていた。

神保小路に出たところで、両の瞼《まぶた》を閉じて磐音は瞑想《めいそう》した。

磐音はこれまで、十一代将軍を期待される家基と三度対面していた。

最初は日光社参に密行する家基の警護役として日光まで同道していた。この道中は微行ゆえに少人数で行われ、磐音は若い家基と寝食を共にしていた。次いで、桂川甫周《かつらがわほしゅう》の薬箱持ちとして西の丸に忍び入り、深川鰻処《うなぎどころ》宮戸川の鰻を届けていた。そして三度目は、家基の江戸微行に同行していた。

家基と磐音、主従の契りを交わしたわけではない。だが、それを超えた信頼と敬愛で結ばれているといえた。

家基が十一代将軍位に就いたとき、多くの不安を抱えた幕府の改革が行われて、

必ずや家基が徳川幕府の、

「中興の祖」

と呼ばれる日が来ることを磐音は信じていた。

それだけに、何人《なんぴと》たりとも家基の命を縮める暴挙は許されなかった。

(なんとしても御本丸入りしていただく)

磐音の強い決心であった。そのために、わが一命を抛《なげう》つ覚悟もついていた。

あれこれと瞑想する磐音は、乗り物が何度目か橋を渡る気配を感じて両眼を開いた。すると老中職の屋敷が連なる大名小路を抜けた乗り物が、西の丸大手御門を渡るところと知れた。

ふと、昨夜磐音の戻りを尚武館で待ち受けていた弥助《やすけ》と霧子との会話を思い出していた。

「なんぞ御用がおありかと存じまして、お待ちしておりました」

「弥助どの、ご苦労にござる」

と労った磐音は、豊後府内藩邸近くの三つ又で待ち受けていた刺客との戦いを告げた。

「やはり愛甲次太夫様も江戸に戻っておられましたか」

弥助は田沼派に雇われる二人の刺客が江戸に戻っていることを承知か、こう答えたのだ。

「橘どのは木挽町の田沼屋敷に入られたようじゃな」

「はい。ですが、愛甲様の姿を確かめてはおりませぬ」

「それがしを待ち受けていた武芸者は一言も発しなかったが、愛甲どのではあるまい。年格好は三十前と見えたでな。それがしの腕を確かめるために放たれた探りと見た」

「愛甲様がどこぞから戦いを窺っておられたと申されるので」

「気配は感じられなかったが、まず間違いあるまい」

「難敵が、再び佐々木様の前に立ちはだかりましたな」

「覚悟の前だ」

「わっしは西の丸にて佐々木様をお待ちいたします」

「霧子も連れて行かれるか」

「すでに西の丸城中は承知の霧子にございます。場数を踏ませるのも後々のためかと存じまして、同道させます」

むろん二人が姿を見せることはない。弥助と霧子が衆人の前に身を晒すときは、忍びとしての役目が終わったとき、死の時だ。

「心強い限りじゃ」

磐音の言葉を聞いて、二人が闇に姿を溶け込ませた。夜の内に西の丸に忍び入るのだ。

乗り物が止まった。

西の丸下乗橋《げじょうばし》だ。

扉が横手に引かれ、磐音は西の丸玄関前御門に初めて立った。するとそこに、家基の御近習衆《ごきんじゅ》に抜擢された依田鐘四郎が磐音を待ち受けていた。

「佐々木磐音どの、案内《あない》つかまつる」

と鐘四郎が言った。

西の丸にあるとき、依田鐘四郎は家基の家臣の一人だ。尚武館の師弟関係は成り立たない。

磐音は鐘四郎に会釈を返して西の丸玄関前御門を潜り、玄関より西の丸へと上がった。長廊下をいくつも抜けて書院前に出た。すると広縁に股立ちを取った若い家臣たちが控えているのが見えた。

「佐々木磐音どの、こちらへ」

書院の下段の間の前に、鐘四郎が磐音を控えさせた。待つことしばし、奥より、

「西の丸様お出まし」

の声が聞こえてきて、磐音はその場に平伏した。

下段の間に着座した家基が、

「佐々木磐音、よう参ったな」

と磊落《らいらく》にも声をかけ、御側衆《おそばしゅう》の、

「佐々木磐音どの、面を上げられよ」

という許しの声がして、磐音はゆっくりと上げた。

目と目が合った。

にっこりと微笑んだ家基が、

「そのほうが佐々木磐音であるか。予が家基じゃ」

初対面の挨拶をなした。

「佐々木磐音にございます」

「直心影流尚武館佐々木道場の後継じゃそうな」

「はっ」

「家基の剣術指南を申しつくる」

「謹んでお受けいたします」

「磐音、そなたは、予が家来の依田鐘四郎の師であるか」

「依田鐘四郎様は元々兄弟子にございますれば、それがし、入門の折り、依田様より剣術の手解きを受けし者にございます」

「ほう、依田が兄弟子とな」

家基の好奇に満ちた目がきらきらと光り、

「鐘四郎、尚武館ではそのほうが兄弟子であるか。腕はどうか」

鐘四郎が、

「はあっ」

と平伏し、

「兄弟子とは名ばかりで、坂崎磐音と呼ばれていた若先生に忽《たちま》ち技量で抜かれ、兄弟子の面目《めんぼく》などどこにもございませぬ」

「なに、そのほう、佐々木磐音の下方にあるか」

「いかにもさようにございます」

家基は、初めて磐音と対面する風を装い、あれこれと訊いた。そして、磐音に、

「わが家臣より手練《てだ》れの者を集めておいた。佐々木磐音、まずは家臣どもに稽古をつけてくれぬか」

「畏まりました」

磐音は継裃のまま広縁に下り立った。

鐘四郎が竹刀を持参すると、

「心形刀流《しんぎょうとうりゅう》新見《にいみ》朔之丞《さくのじょう》どの」

と鉢巻きを締めた若武者の一人を呼んだ。新見は二十二、三歳か。

「西の丸でも一番の技量の者にございます」

と鐘四郎が磐音に囁《ささや》いた。

「ご指導お願いいたします」

まだ少年の面立ちを残した新見が、緊張の体で磐音の前に立った。

磐音にとってそこが西の丸の広縁であろうとなかろうと、竹刀を手に稽古をするとき、格別の感情は消えていた。ただ指導に専心すればよいからだ。

磐音は新見と向かい合った。すると新見が家基の前での稽古に、緊張のあまり体が硬直しているのを磐音は認めた。

「新見どのは心形刀流をいくつのときから学ばれておられるな」

笑みを浮かべた磐音の問いに新見が、

「十三から道場に通いましてございます」

「師は麴町の月形《つきがた》伍斉《ごさい》先生かな」

江戸で心形刀流の指導者として名高い月形をおいて他にないと思い、尋ねた。

「いかにも月形先生はわが師にございます。佐々木先生はご存じにございますか」

「面識はござらぬ。されど武名高く識見に優れた武芸者と聞いております。よき師についておられる」

磐音の言葉に新見の緊張が解《ほぐ》れ、顔に笑みが浮かんだ。

「では、始めましょうか」

「はっ」

と新見が正眼の構えにとった。

心形刀流は、伊庭是水軒秀明《いばぜすいけんひであき》が本心刀流《ほんしんとう》を習得した後、創意を加えて流派を起こした剣術だ。元禄宝永《ほうえい》の頃（一六八八～一七一一）、世に流派は知れ渡り門人も多く、技も多彩にして、一刀、二刀、小太刀を教えた。

月形は心形刀流一刀の継承者と言われていた。

磐音も相正眼に置いた。

「春先の縁側で日向ぼっこをしている年寄り猫」

と評される長閑な構えだ。これを見た新見に、

(打ち込めるのではないか)

という邪心が湧いた。

すいっ、と竹刀を引き付け、広縁の床を滑るように間合いを詰めて、居眠りしているような磐音の額に面打ちを放った。伸びやかな面打ちだった。

(届いた)

と思った新見の竹刀が空を切った。磐音がわずかに上体を躱しただけで打撃を避《よ》け、小手を軽く叩いた。すると新見が片膝を突いて竹刀を落とした。

「あっ、不調法を」

赤面した新見に、下段の間にある家基がからからと笑い声を上げて、

「朔之丞、恐れ入ったか。居眠り剣法を甘く見るとそうなる」

と言った。

「家基様、佐々木先生の剣術をご存じなのでございますか」

おお、知らいでかと思わず答えかけた家基が、

「依田鐘四郎から聞いておるでな、ついその気になったのじゃ」

と答え、

「のう、磐音」

「恐れ入ります」

と答えた磐音が、

「家基様、ご見物では退屈にございましょう。ご一緒に稽古をなさいませぬか」

と声をかけた。

「なに、いきなり稽古をつけてくれると申すか」

「時に汗を流されたほうが気分も爽快になれます」

御近習衆は指導当日から家基の稽古を考えていなかったか、磐音の突然の言葉に色をなした。

磐音はこたびの剣術指南に覚悟を以《もっ》て臨んでいた。竹刀から稽古をする時間の余裕などなかった。今晩明日にも刺客が家基を襲いくることが考えられた。

「よかろう。朔之丞の仇、主の家基がとってやろう」

快活にも家基が下段の間から立ち上がった。

「お稽古着にお着替えくださりませ」

「爺、万が一の折り、戦仕度に着替えるゆえ暫時待てと相手に願えるか」

「いえ、それは」

「構わぬ」

と磐音の前につかつかと歩み寄った。

「磐音、予に教えるはいかなる剣か」

「王者の剣にございます」

「なにっ、王者の剣とな。卒の剣とは異なるか」

「天下に号令を為すお方の剣は、攻めの剣に非ず、身を守る剣にございます」

「天下に覇を称える者、血を流すことを厭《いと》うか」

「われらが生きる安永の世は戦国の御世ではございませぬ。平時の折りの覇王の剣は、血を流さずして天下に威武を知らしめればよきことにございます」

「磐音、家基に覇王の剣を教えてくれ」

竹刀を近習から受け取った家基に、

「恐れながら、佩剣《はいけん》にて稽古を願います」

「なに、真剣とな」

広縁がざわめき、年寄衆が、

「あいや、佐々木氏、お待ちくだされ」

と止めに入った。

「静まれ」

家基の声が書院に響き渡った。

「予は佐々木磐音を剣術指南として召し出したときから、師の命には従うと心に決めておった。予が剣を持て」

磐音も竹刀を包平に替えた。

「家基様、それがしを佐々木磐音と思《おぼ》し召してはなりませぬ。賊徒とお思いくださりませ」

「そのほうは賊徒か。予はそなたの攻めを跳ね返すか」

「真剣にございますれば、手加減いたさば却って怪我《けが》をなされます」

必死の形相《ぎょうそう》で家基が頷いた。

「磐音を斬り捨てるつもりでかかってくだされ」

「よかろう」

腰に一剣、長船《おさふね》与三《よそう》左衛門《ざえもんの》尉《じょう》祐定《すけさだ》を差した家基が、

「佐々木磐音、成敗してくれん」

と叫ぶと、上段から磐音の面上へ斬り下げた。だが、逃げるとも退くとも思えぬ磐音は、斬り下げをふわりと躱していた。

「うーむ、逃げおったな」

家基は刃渡り二尺二寸七分を胴斬りに引き回した。だが、こたびも空を切った。

磐音は接近戦の間合いの斬り合いで家基に攻めさせながら、

「機と間」

を自ら体験させていた。

家基の攻めること十数合、腰がふらついてきた。

磐音が初めて包平を抜いた。

家基の顔が緊張に引き攣《つ》った。

「払わずば、それがし、家基様のお命頂戴つかまつります」

包平を正眼に置いた。

家基もふらつく腰に力を入れ直して祐定を構え直した。

間合いは半間とない。

書院の全員が真っ青な顔で固唾《かたず》を呑んだ。

「参ります。逃げてはなりませぬぞ」

磐音が踏み込み、家基の肩口に迅速の剣を振るった。
家基が必死の形相で磐音の袈裟《けさ》斬りを弾いた。
ちゃりん
と火花が散った。
包平が虚空に流れた。
ぱあっ
と磐音が飛び下がり、包平を腰に回すと片膝を突き、
「家基様、その一撃をお忘れ召さるな。覇王の剣、王者の守りにございますぞ」
と叫んでいた。

四

どんどーん
昼夜を分かたず鳴動していた。
伊豆大島三原山が噴火したのは安永七年七月二十九日のことだった。その噴火活動は断続的に繰り返され、安永八年三月十七日から十九日にかけて大爆発を起

こし、溶岩流は海岸線に達することになる。

三原山の噴火に誘発されたか、三宅島の雄山《おやま》と青ヶ島、浅間山に遠く薩摩の桜島の噴火が続き、諸国に天候不順、冷害、飢饉《ききん》を引き起こす元凶となっていった。

その夜半過ぎ、磐音は畳を突き上げられるような音に目を覚ました。

噴火に地震が重なったか。

隣ではおこんの寝息が規則正しく響いていた。

人間とは逞《たくま》しいもので、噴火の音が繰り返されると慣れが生じ、少々の鳴動くらいでは驚きもしなかった。

磐音は鳴動に違和を感じて床からゆっくりと身を起こした。

廊下に置かれた有明行灯《ありあけあんどん》のおぼろな灯りで、おこんが用意しておいてくれた稽古着に着替えて、腰に脇差を差すと廊下に出た。

玄関に回り、壁に掛けられた木刀を手にした。

どどーん！

新たな噴火の音に合わせて戸を引き開け、闇夜《やみよ》に身を滑り出させた。すると月明かりも星明かりもない夜空に蒼《あお》い閃光《せんこう》が走った。

稲光も噴火と地震に加わっていた。

気配を消した磐音は、庭伝いに足音を忍ばせて尚武館の門に向かった。すると
その気配に気付いたものがいて、闇の中で白いものが左右に振られた。

白山の尻尾だ。

「付き合え」

磐音の囁きに白山の尻尾が応えた。磐音は頭を撫でると首輪にかかった綱を外した。

主従は門前から玄関へ続く石畳を音もなく歩き、尚武館の式台前に立った。

ふわり
磐音が、玄関上がりかまちの、七寸角の欅《けやき》の上に飛んだ。白山も磐音を真似た。

板戸の向こうに尚武館道場二百八十余畳が広がっていた。

異変はその中で起きていた。

尚武館では磐音が一番の早起きだ。

稽古着に身を包んだ磐音は、離れ屋から飛び石伝いに道場の裏口に向かい、道場に入り、見所《けんぞ》上の神棚に向かう。それが永年の仕来りだ。

その裏口の内側に罠《わな》が仕掛けられていた。

磐音はそう察すると、普段とは異なる行動を取ったのだ。

どんどんどどどーん

三原山の鳴動に合わせ、尚武館道場への板戸を引き開けた。すると白山が心得て道場へと滑り込んだ。

暗黒の道場でざわざわと動揺が生じた。

獲物が、罠の入口からではなく罠の背後を破って侵入したからだ。

低い唸り声を上げた白山が、低い姿勢で広い道場を駆け巡り始めた。

動揺がさらに広がった。

その間に、磐音が板戸の隙間《すきま》から道場に身を入れた。

磐音の心眼に、道場いっぱいに林立する柱が映じた。さながら溶岩流に焼け残った如く、木々が黒々とした幹だけになって立ち枯れている景色のようであった。

あるいは墓標の林立か。

(いや、違う)

磐音は薩摩示現流の激しい立ち木打ちを想念に描いていた。

流祖東郷重位《とうごうしげかた》の打ち立てた示現流には、野天に大小高さの違う硬木を立てさせ、その硬木の原を奇声を発しつつ駆け巡り、飛び上がり、手にした木刀で硬木の頂《いただき》を全力で打ち据える稽古があった。

高い硬木の頂点を叩くためには虚空高く飛び上がり、身を空中に一瞬停止させ、腹に力を溜めて打たねばならない。

足腰を鍛え上げ、跳躍力と打撃力を強化する稽古は、薩摩示現流独特のものだ。それが空前絶後の破壊力を生んだ。薩摩示現流の武名を、恐怖をもって高めた。

今、磐音の目に捉《とら》えられたのは、硬木が林立する風景だ。

「姑息《こそく》なり、愛甲次太夫どの」

磐音の声に、林立する柱が、うむ、と驚きの体で揺らいだ。

足元を走り回る白山の動きに錯乱されて、背後の動きを疎《うと》んじていた。

「策士、策に溺《おぼ》れるの図かな」

遠く見所付近で行灯の灯りが点された。

見所に一人大儀そうに座していた。遠くから見ても大きく顎が張った大顔で、総髪を後ろに垂らして藁《わら》で結んでいた。

道場いっぱいに林立する柱が不意に動いた。それは硬木ではなく人の柱だった。低いものはしゃがみ、高い柱は人間の肩の上にもう一人が立って屹立《きつりつ》し、作り上げたものだった。

「奇策ならず」

再び磐音は声を発すると、木刀を翳して自ら柱人間の原へと飛び込んだ。

左右から木刀が襲いきた。

磐音の木刀が迅速に振るわれ、二本の木刀をへし折っていた。

それをきっかけに、磐音は動きを止めることなく縦横無尽に走り回り、さらに水澄ましのように白山が柱人間の足元に攻撃を仕掛けていた。

未だ仲間の肩に立った武芸者が木刀を構えて虚空に飛んで前転すると、重い赤《あか》樫《がし》の木刀が唸りを生じて襲いきた。

「きえいいっ！」

磐音が初めて腹から気合いを発し、跳躍していた。

薩摩示現流のお株を磐音が奪い、先手を取っていた。

仲間の肩の上から虚空に跳躍し、前転して攻撃体勢に変えた武芸者と、垂直に跳躍した磐音の木刀が絡み合い、磐音の木刀が一瞬早く相手の腰を捉えて床に叩き付けていた。

「うう、うわーん！」

白山も武芸者の足首に嚙み付いて太い首を左右に振った。

多勢に無勢が、先手をとって優位に立っていた。

動揺は混乱を呼び、混乱は破滅へと向かった。

磐音に裏を掻かれて薩摩示現流の持ち味を発揮できず、混沌《こんとん》のみが現出していた。

見所で顔を紅潮させた愛甲次太夫が傍らの剣を摑むと、鐺《こじり》で見所の床を、
どーん
と突き、

「なんたる無様」

と吐き捨てた。

立つと、身の丈七尺を超える大兵《だいひょう》だった。

年齢は五十とも七十とも見えた。だが老いはどこにも見えず、巨大な五体は厚い筋肉に覆われてぴーんと張っていた。

「愛甲次太夫新輔どの、次に見《まみ》えしは一対一の尋常の勝負を願おうか」

「小わっぱめ、賢《さか》しらじゃっど」

その言葉を残して愛甲次太夫が尚武館道場から消え、人の柱を演じて罠の中に磐音を追い込もうとした一統も姿を消した。

広々とした尚武館の床に、折れた赤樫の木刀が三つ四つと転がっていた。それ

だけが、ここにいた占拠者の痕跡だった。

尚武館の玄関に乱れた足音がして、住み込み門弟らがお長屋から木刀を手に飛び込んできた。

「若先生、何事が出来《しゅったい》いたしましたか」

わずか一基の行灯が照らす尚武館道場だ。見所近くだけが明るく浮かび、戦いの跡は見えなかった。

ために道場に飛び込んできた門弟らの声に訝しさがあった。

「皆を起こしてしもうたか」

磐音の声は平静に戻っていた。そして、足元にはなぜか道場に上がった白山が座り、後ろ足で気持ちよさげに口の辺りを掻いていた。

「三原山の鳴動とも思えぬ物音が道場からしたと思ったら、大勢の者が尚武館から退去していく気配が続きました。たれぞ侵入者にございますか」

この夜、お長屋に泊まっていた市橋勇吉《いちはしゆうきち》が一同を代表して磐音に尋ねた。

「なあに、薩摩から遊びに来られた方々と夜の挨拶を交わしていただけじゃ。のう、白山」

磐音の言葉に白山が満足げに、

「うおおん」

と吠《ほ》えた。

道場の闇に慣れた田丸輝信が、叩き折られた赤樫の木刀の切っ先、一尺余を床から拾い上げて、

「なんとも太い木刀にございますね」

と磐音に示した。

「薩摩示現流で使われる立ち木打ちの木刀じゃ」

「薩摩から遊びに来られた方々とは、薩摩示現流の面々ですか」

「いかにもさよう」

と応じた磐音に、勇吉がようやく得心した表情でさらに訊いた。

「母屋の大先生は、異変に気付いておられませぬか」

「むろん承知じゃ。布団から抜け出すこともあるまいと、今頃、枕元に煙草盆《たばこぼん》を引き寄せ、深夜の一服を楽しんでおられよう」

「なんと」

と住み込み門弟らが絶句し、

「どうじゃな、これから寝直すのも面倒ではないか。少し早いが、稽古を始めよ

うか」

と磐音が住み込み門弟一同に誘いをかけた。

異変も常ならば、夜間の稽古もままある尚武館の暮らしの一齣《ひとこま》だった。事情が分かれば平静に復して稽古が始まった。

母屋では玲圓が、磐音の推測どおりに寝床から首を出して煙管《きせる》を美味《うま》そうに燻《くゆ》らせ、

「煙草吸いでなくば、夜半の一服の味は分かるまいて」

と呟きながら、煙管の雁首を煙草盆に打ち付けた。

「たれぞ訪ねてきたものがあったようじゃが、婿どのが上手に応対したようじゃな。ならばもうひと眠りいたすとするか」

玲圓は煙管を煙草盆に置くと夜具の中に身を入れた。

この日の朝稽古を終えた頃合い、尚武館に初めての訪問者が姿を見せた。

南町奉行所定廻り同心木下一郎太が、瀬上菊乃を伴ったのだ。

菊乃は若手らの定期戦の余韻が漂い残る尚武館道場を目を丸くして見回し、

「一郎太様、八丁堀の道場より随分と広いものですね」

と驚きの声を洩らした。

菊乃の父親瀬上菊五郎は町奉行所与力を務めていて、屋敷は一郎太の三軒隣にあった。

一郎太と菊乃は、八丁堀と呼ばれる南北江戸町奉行所の与力同心の大半が集い住む界隈にあって幼馴染みだった。二人は格別に気心が知れたとみえて屋敷を行ったり来たりしながら幼少期を過ごした。

だが、思春期に差しかかると、与力と同心という身分の違いもあって互いに顔も合わせぬ数年が続いたそうな。

菊乃が八丁堀を出て、とある旗本家に嫁いだと聞かされた一郎太は、深い喪失感に苛まれた。だが、それを口に出すようなことはしなかった。

菊乃を思慕しつつも胸の中《うち》に秘めてきた一郎太に、再び希望の光が点った。嫁ぎ先から離縁されて菊乃が戻ってきたのだ。それでも一郎太は、すぐに菊乃に会う手立てを講じようとはしなかった。

その二人を取り持ったのは両家の小者《こもの》だった。瀬上家の小者から、一郎太が御用に際して連れ歩く東吉の手を経て、

「匂い袋」

が届けられたのだ。一旦切れた赤い糸が結び直された瞬間だった。だが、慎重な一郎太は、それでもすぐに行動しようとはしなかった。

「よう参られましたな」

磐音は一郎太に笑いかけ、菊乃に視線を転じて、

「瀬上菊乃どのですね」

「えっ、佐々木様はどうして私の名をご存じなのですか」

一度は嫁いだ菊乃だが娘のような恥じらいを顔に浮かべて、磐音に訊いた。

一郎太より三つ若いという菊乃は、人の嫁であったことを感じさせない華奢《きやしゃ》な体と初々しい声の持ち主だった。

「木下どのからお名前を聞かせていただきました」

「一郎太様が私のことを他人《ひと》様に話しておられようとは信じられません」

「ご不快ですか」

小首を傾げた菊乃が、

「いいえ、一郎太様が私の名を口にされることなどないと思い込んでおりましたゆえ、いささか驚きました」

「菊乃どの、申し上げたでしょう。それがしと若先生はなんでも話し合える親しき仲ですと」

一郎太が胸を張った。

一郎太と磐音の付き合いは、菊乃が一郎太と顔を合わせなくなった後に始まっていた。

「私が馬鹿でした」

「なにが馬鹿なのです」

「一郎太様のお心を感じ取れなかったのですもの」

「いえ、私こそ愚かでした」

一郎太と菊乃が少年少女のように言い合う様子を、磐音は微笑ましく見て、

「その続き、離れ屋でおこんにも聞かせてください」

と二人を道場から離れ屋へと案内していった。

非番が明日にも終わるという木下一郎太と菊乃は、離れ屋で朝昼を兼ねた粥膳《かゆぜん》を食べ、積もる話を二人だけで、時には磐音とおこんが加わって話に花が咲いた。

おこんと菊乃は初対面とは思えぬほど打ち解けて話し込んだ。一郎太と磐音が

立ち入ることができぬほど、

「嫁とはなにか」

で盛り上がった。

「菊乃様、子を生《な》さぬゆえ離縁などというお武家様のところに嫁に行かれたのが、そもそもの間違いにございます」

「おこん様、いかにも菊乃は軽率にございました」

と応じた菊乃が母屋を窺う体で、

「佐々木家では、お子はまだかと催促なされませぬか」

「養父養母《ちちはは》は、継承者なきゆえ一旦は佐々木家の断絶を覚悟なされました。それゆえ磐音様と私が一家に加わり、ただ今は親子四人の暮らしを楽しんでおられる最中、孫までは望んでおられませぬ」

と応えたおこんが、

「磐音様、そうでございましょう」

と磐音に訊いたものだ。

「菊乃どの、おこんは尚武館に嫁に入った日から、大勢の弟妹を持ったも同然な暮らしです。なにしろ伸び盛りの門弟が四六時中いるのですから、大変です。養父上も養母上もしばらくはそれがしとおこんで我慢してくださいましょう」

「同じ武家方とはいえ、直参旗本、八丁堀、それにこちらのような道場主では、まるで家風が違うものですね」

「いかにもさよう。菊乃どのは、八丁堀の暮らしが一番性に合っておいでではござらぬか」

「はい」

と菊乃が一郎太を振り返り、微笑んだ。

この日、菊乃を連れて母屋のおえいに挨拶に行ったおこんと菊乃はなかなか離れ屋に戻ってこなかった。

「菊乃どのは心から木下どのを敬っておいでです。大事になさってください」

「もう離しませぬ」

と一郎太が決然と磐音の言葉に応じたものだ。

菊乃は嬉しそうに夕餉の仕度を手伝い、夕餉も母屋で佐々木家の四人に一郎太と菊乃が加わり、賑やかに談笑しながら時を過ごし、五つ（午後八時）の時鐘が鳴り響くのを耳にした菊乃が、

「一郎太様、なんと長居をしてしまったことでしょう。これほど時を忘れたこと

は久しくございませんでした」

「いかにも、大先生とおえい様には時間を取らせてしまいました」

と一郎太も満足げな様子で辞去の挨拶をなした。

磐音はこの二人を見送りに、白山を連れて八辻原まで下った。

もはや夜風に冬の気配が滲んでいた。だが、一郎太と菊乃の胸には赤い幸せの炎が燃えていることを磐音は承知して、磐音自身も胸が熱くなる思いを感じていた。

「佐々木さん、明日からの江戸市中の見廻り、張りが出ます。それもこれも佐々木さんやおこん様、佐々木大先生ご夫婦のお人柄が私に乗り移ったせいです。お礼の言葉もありません」

一郎太が筋違橋御門前で腰を折って礼を述べ、菊乃もそれに倣った。

「木下どの、ようございましたな」

万感の思いを一言に込めて磐音は言い、

「八丁堀への道、お二人でお帰りなされ」

と二人を柳原土手沿いの道へと送り出した。

磐音は、何度も振り返って手を振る二人を筋違橋御門の前から見送った。

「さて白山、帰ろうか」

白山に用を足させようと神田川土手の道を選んだ。

淡路坂の土手には川面から寒風が吹き上げてきた。

太田《おおた》姫稲荷《ひめいなり》の傍らで小便をした白山と磐音は、武家地の鈴木町、小袋町《こぶくろちょう》と緩やかな上り勾配《こうばい》の通りを抜けて、再び神田川を見下ろす土手上に出た。

前方に皀角坂《さいかち》が見えたとき、白山の足が止まり、背の毛が逆立った。

磐音も歩みを止めて、前方の闇を透かし見た。

皀角坂上に上水道の懸樋《かけどい》がおぼろに見えた。江戸市中の住人の命の水を運ぶ大樋だった。

不意にその傍らから人影が伸び上がった。

七尺余の巨漢は薩摩示現流の達人愛甲次太夫新輔だった。

そして、田沼派が放つ五人の武芸者の四番目の刺客でもあった。

愛甲次太夫は坂上を利用して木刀を頭上に構えると、岩場を下る奔流のように磐音に迫ってきた。

磐音はまず白山の引き綱を捨てると、

「白山、その場にしゃがんでおれ」

と命じた。

白山は磐音の言葉を即座に理解し、土手近くに体を避難させて身を低くした。

磐音は足場を固めると、腰を落とし気味にして備前包平の柄《つか》に手をかけ、鯉口《こいぐち》を切った。だが、刃渡り二尺七寸の豪剣を抜くことはなかった。

「ちぇーすと！」

愛甲次太夫が虚空に巨軀《きょく》を飛躍させた。

なんとも凄《すさ》まじい跳躍力だ。

宙にある愛甲の木刀が背を叩き、その反動を利して振り上げられ、巨軀とともに磐音に向かって落下してきた。

包平の刃《やいば》などいとも容易くへし折る圧倒的な力を秘めていた。そして、磐音の頭蓋骨《ずがいこつ》を粉々に砕くであろうことは想像に難《かた》くなかった。

磐音は落下の間合いを読むと右手を一閃させた。

逆手がとらえたのは、包平ではなく脇差だった。

捻《ひね》り抜かれた瞬間、磐音の手首が返り、脇差の切っ先が、虚空から襲いくる愛甲次太夫新輔の喉元に深々と突き立った。

直後、磐音は身を土手に投げた。

ごろりごろりと神田川に向かって磐音の体が転がった。手が土手の柳の細い幹にかかり、止まった。

磐音の耳に、

ぐしゃり

という愛甲次太夫が地面に叩き付けられた音がした。

磐音は飛び起きると、包平に手をかけて土手に走り上がった。

身を起こした白山の傍らに小山があった。

「ううっ」

と唸った愛甲次太夫が、

ゆらり

と身を起こしかけた。

その首筋には脇差が突き立ち、地面に叩き付けられた拍子にか、ぐんにゃりと刃が曲がっていた。

磐音と次太夫が目を合わせた。

なにか言いかけた愛甲次太夫の体が再び揺らめき、ごろごろごろと神田川に向かって落下していった。

「残るは一人、独創二天一流橘右馬介忠世どの」

と磐音の呟く声が、吹き上げる冷たい川風に吹き消された。

本書は『居眠り磐音　江戸双紙　照葉ノ露』（二〇〇九年一月　双葉文庫刊）に
著者が加筆修正した「決定版」です。

編集協力　澤島優子
地図制作　木村弥世

文春文庫

照《てり》葉《は》ノ露《つゆ》
居眠《いねむ》り磐音《いわね》（二十八）決定版《けっていばん》

定価はカバーに表示してあります

2020年4月10日　第1刷

著　者　佐伯泰英《さえきやすひで》
発行者　花田朋子
発行所　株式会社 文藝春秋

東京都千代田区紀尾井町 3-23　〒102-8008
ＴＥＬ 03・3265・1211㈹
文藝春秋ホームページ　http://www.bunshun.co.jp

落丁、乱丁本は、お手数ですが小社製作部宛お送り下さい。送料小社負担でお取替致します。

印刷製本・凸版印刷

Printed in Japan
ISBN978-4-16-791480-6